Petra Fischer

# Mein Weg zur ewigen Ruhe

Roman

© 2018 Petra Fischer
2. Auflage
Herstellung und Verlag: BoD – Books on Demand, Norderstedt
ISBN 9783746075600

## Vorwort der Autorin

Die Gabe oder der Fluch eines Autors/einer Autorin ist seine/ihre Fantasie. Diese gemischt mit eigenen Erfahrungen und Storys, die das Leben schreibt, lassen grandiose Geschichten entstehen. Dabei ist es nicht wichtig, wie viel Wahres in einem Roman steckt, sondern viel mehr, wie sehr die Leser und Leserinnen in seinen Bann gezogen werden und sich vielleicht sogar in diesem wiederfinden.

*Für meine Kinder Cynthia, Justin und Quentin*
*Ich bin sehr stolz auf euch!*

# Prolog

*N*un wird es bald soweit sein. Nur noch ein paar letzte Vorbereitungen…

Vor mir auf dem Tisch liegt meine To-do-Liste. Fast alles auf ihr ist erledigt und abgehakt. Job kündigen – Häkchen. Nachmieter suchen – Häkchen. Versicherungen an- und umschreiben sowie kündigen – Häkchen. Bestattungsinstitut beauftragen, Sarg und Blumengebinde aussuchen – alles erledigt. So folgt ein Häkchen dem anderen.

In meiner Fantasie werde ich bald friedlich einschlafen, mit einem sanften Lächeln auf den Lippen.

Wenn ich daran denke, bin ich voller Vorfreude und es kribbelt sogar sanft in meinem Bauch.

Doch noch ist es nicht soweit. Noch gibt es einen letzten, offenen Punkt auf meiner Liste. Ich kann nicht gehen, ohne es meiner Schwester zu erklären. Und genau das fällt mir so unendlich schwer. Wie erklärt man jemandem, den man über alles liebt, mit dem man seelenverwandt ist, dass der Zeitpunkt gekommen ist, Lebwohl zu sagen?

Ja, Sie haben richtig gelesen: Ich plane mein baldiges Ende. Und es fühlt sich gut und richtig an!

Bitte verurteilen Sie mich an dieser Stelle nicht. Ich möchte nicht, dass Sie einen falschen Eindruck von meiner Person bekommen! Das, was ich vorhabe, ist nicht der einfache, feige Weg, sondern vielmehr ist es der einzig richtige.

Sie glauben mir nicht? Das kann ich sogar gut verstehen, manchmal kommt mir selbst alles sehr unwirklich vor.

Deshalb würde ich Ihnen gerne meine Geschichte erzählen…

# 1.

Zuerst möchte ich mich Ihnen vorstellen: Mein Name ist Felicitas und ich wurde vor dreißig Jahren als neuntes Kind in eine recht bürgerliche Familie geboren.

Sie können sich gar nicht vorstellen, was für ein Schock das für meine Mutter gewesen sein musste, als ich fünf Minuten nach meiner Zwillingsschwester Laureen das Licht der Welt erblickte, wo sie doch immer von acht Kindern oder - wie sie es immer ausdrückte - von zwei vierblättrigen Kleeblättern geträumt hatte.

Es klingt vielleicht theatralisch, aber der Traum ihrer perfekten Familie zerplatzte buchstäblich mit meiner Geburt.

Sie konnte mich einfach nie lieben und zeigte mir ihre Verachtung, wann immer sie konnte. Doch ich mache ihr keine Vorwürfe, denn sie konnte gar nicht anders. Ihr Hass, den ich als Kind zu glauben spürte, zerfraß sie immer mehr und ihre schiere Überforderung ließ sie bald mehr leiden als mich. So lernte ich also schnell, auf mich selber aufzupassen und es gab nur eine Person, der ich bedingungslos vertraute. Und das war und ist bis heute meine Zwillingsschwester Laureen.

Laureen und ich sahen schon als Kinder zum Verwechseln ähnlich aus, was wir uns auch das ein oder andere Mal zu Nutze machten. Uns gab es nur in den seltensten Fällen einzeln und diese Zusammengehörigkeit brachte uns die Sicherheit, die uns beiden in unserer Familie so sehr fehlte.

Bei uns zu Hause war täglich Streit an der Tagesordnung und wenn es am lautesten zuging, verkrochen Laureen und ich uns immer und planten ein neues Leben. Wir philosophierten dann darüber, in welchem Land wir einmal leben würden und träumten uns unsere perfekte kleine Familie zusammen.

Am schlimmsten war es immer, wenn unsere Eltern ausgingen und uns Kinder allein zurückließen. Unsere älteren Geschwister fanden das immer klasse, denn sie nutzten die elternfreie Zeit, um sich verbotene Filme im Fernsehen anzusehen. Auf Laureen und mich achtete in dieser Zeit niemand. Meist saßen wir dann einander gegenüber auf meinem oder ihrem Bett und hielten uns an den Händen. Dabei weinten wir leise aus Angst vor dem, was uns erwarten würde, wenn unsere Eltern wieder heimkamen. Fast immer hatten sie getrunken. Alles roch dann nach Alkohol und manchmal sogar nach Erbrochenem. Es gab dann stets sehr lauten Streit.

Oft wurden wir unsanft aus unseren Träumen gerissen, weil unsere Eltern sich anschrien. Gegenstände fielen lautstark zu Boden. Einige zerbrachen schallend und dann polterten Türen. Danach herrschte immer eine Stille, die noch beängstigender war als der vorangegangene, lautstarke Streit.

# 2.

Über meine Kindheit gibt es eigentlich nichts Besonderes zu berichten. Bei so vielen Personen in einer Familie kümmert sich jeder um jeden und doch ist man die meiste Zeit auf sich allein gestellt. Man erzieht sich quasi selbst und bekommt alles Weitere von den anderen Geschwistern beigebracht.

Meine älteste Schwester Leonie beispielsweise lehrte uns Kleinen, wie man sich alleine ankleidet und wie man sich seine Schuhe bindet. Mein Bruder Frederic brachte mir im Alter von fünf Jahren das Schwimmen bei und mit sechs Jahren das Fahrradfahren. Von Richard erfuhr ich alles über Fußball, denn er war ein begnadeter Fußballspieler. Manchmal nahm er mich, Laureen und unseren Bruder Florian mit zu einem seiner Fußballturniere. Wir saßen dann im Publikum auf der Tribüne und fieberten gebannt bei dem Spiel mit. Bei einem Sieg jubelten wir drei am lautesten und weinten ganz herzzerreißend bei einer Niederlage.

Mit unseren Schwestern Caroline und Amelie gingen Laureen und ich am liebsten shoppen. Die zwei, auch Zwillinge, wussten immer über die neuste Mode Bescheid und wir erfuhren viel von ihnen über Jungs, Liebe und Sex.

Das größte Vorbild in meiner Kindheit war allerdings mein Bruder Morten. Stets cool und immer einen lustigen Spruch an richtiger Stelle parat. Morten spielte sogar in einer Band Gitarre und ich war sein größter Fan. Ich genoss seine Gegenwart, obwohl ich oftmals nur Luft für ihn zu sein schien. Umso schöner waren die Momente, in denen er mich wahrnahm. An einen kann ich mich noch besonders gut erinnern und wenn ich die Augen schließe, sehe ich Morten wieder vor mir, wie er in seinem Zimmer sitzt und die Saiten seiner Gitarre sanft zupft. Ich blieb damals hinter der halb geöffneten Tür stehen und lauschte der Melodie. Es war das erste Mal, dass ich ihn zu seinem Gitarrenspiel singen hörte. Welch zauberhafte Stimme! Ich war völlig angetan von dieser sinnlichen Kombination aus Instrument und Stimme. Als er die letzten Akkorde spielte, blickte er von seiner Gitarre auf und sah mich lächelnd an. „Hat es dir gefallen?", fragte er mich und ich war nicht in der Lage zu antworten, sondern nickte nur stumm. Dann betrat ich Mortens Zimmer und ging auf ihn zu. Das war der intensivste Augenblick in unserem Bruder–Schwester–Verhältnis. Ich blieb noch eine ganze Weile bei ihm, wir redeten und ich stellte sehr viele Fragen. Er zeigte mir ein paar Griffe auf seiner Gitarre und er sang noch einmal das Lied für mich. Heute weiß ich, dass dieser Tag einer der perfektesten Tage meines Lebens war.

Von jedem meiner Geschwister konnte ich etwas lernen. Jeder war auf seine eigene Art und Weise großartig und ich möchte keinen von ihnen missen. Natürlich gab es auch bei uns die ganz normalen Geschwisterstreitigkeiten wie in jeder anderen Familie auch, trotzdem kann ich behaupten: Es war eine schöne Zeit.

An Aktivitäten mit meinen Eltern kann ich mich leider gar nicht erinnern. Fotos belegen, dass es sie gab, aber ich habe keine Erinnerungen an sie. Soweit ich mich entsinnen kann, gab es kaum Grenzen und nur wenige Regeln. Wichtig war eigentlich nur, dass von anderen, insbesondere der Schule und von Nachbarn, keine Klagen kamen, und dass jeder nachts in seinem Bett lag. Ansonsten konnten wir unsere Tage so gestalten, wie es uns beliebte.

In unserer Freizeit hielten Laureen und ich uns am liebsten im Park auf. Dort gab es einen großen Spielplatz mit vielen Schaukeln, einer Rutsche, verschiedene Kletterstationen und Sand zum Buddeln. Wenn wir keine Lust auf Spielplatz hatten, spielten wir Ball auf der Wiese oder fütterten die Enten, die auf dem kleinen Teich in der Mitte des Parks schwammen. Im Sommer waren da überall Seerosen und im gesamten Park blühten Blumen in allen Farben und Formen. Gleich hinter dem Park war ein kleines, dichtes Waldstückchen. Als Kinder hatten wir Angst, es zu betreten, denn von anderen Kindern wurde erzählt, dass dort Menschenfresser und Kindermörder lebten, die sich alle Kinder schnappten, die alleine den Wald betraten.

Alles Quatsch! Mit zehn Jahren hatte ich es getestet und war todesmutig nach einem heftigen Streit mit Laureen alleine in den Wald gegangen. Ich lief umher und nichts passierte. Als ich am Abend Laureen davon berichtete, wollte sie mir erst nicht glauben. Also gingen wir am nächsten Tag gemeinsam in den Wald.

Wir liefen langsam Hand in Hand den Waldweg entlang. Unsere Sinne waren so gespitzt, dass wir bei jedem noch so kleinen Geräusch zusammenzuckten, aber wir durchquerten den Wald und fanden nach einiger Zeit eine herrliche kleine Lichtung. Da gerade Sommer war, spross das Gras in einem satten Grün und überall blühten wunderschöne Blumen in den buntesten Farben. Der Geruch der unberührten Natur durchströmte uns und wir genossen das Zwitschern der verschiedenen Vogelarten.

Es war der herrlichste Ort, den wir je gesehen hatten. Ein Ort voller Frieden, Harmonie und Glück. Dies sollte nun *unser* Ort sein. Keiner sollte von ihm wissen und auf gar keinen Fall wollten wir ihn mit irgendjemanden teilen.

Und daran hielten wir uns auch. Wir kamen immer her, wenn wir alleine waren und blieben im Park, wenn einer unserer Geschwister uns begleitete. Niemandem erzählten wir auch nur ein Wort.

Im Laufe der Zeit hatten wir uns ein richtiges Paradies geschaffen. Aus Ästen, Zweigen und viel Laub bauten wir mühsam eine Hütte. Okay, ich gebe zu, es war keine Hütte im eigentlichen Sinne, sondern eher eine Art Höhle oder Unterstand. Aber wir waren stolz auf unser Gebautes und fanden Schutz vor Regen, falls wir doch mal von ihm überrascht wurden.

Unsere Gedanken drehten sich nur noch um diesen einen Ort und wir malten uns die tollkühnsten Abenteuer aus. Wenn wir zu Hause waren, spielten wir unsere Gedanken mit unseren Puppen nach oder wir redeten darüber, was alles Tolles passieren könnte.

Um ehrlich zu sein, kann ich mich gar nicht mehr erinnern, was genau Laureen und ich an unserem geheimen Ort tatsächlich die ganze Zeit gemacht hatten, aber ich weiß, dass ich glücklich war und das alleine zählt.

Wir fantasierten ständig und überall über unsere geheimen Abenteuer und Erlebnisse. Nach und nach bekamen die Kinder unserer Schulklasse unser Getuschel mit und natürlich wollten sie wissen, worüber wir da flüsterten. Also weihten wir unsere Freunde in unsere Fantasiewelt ein, ohne jedoch den Standort zu verraten, weil der ja streng geheim war. Wir berichteten von den spektakulärsten Erlebnissen und steigerten uns so sehr in unsere

Geschichten rein, dass wir bald gar nicht mehr in der Lage waren zu unterscheiden, was wahr und was gesponnen war. Wir lebten irgendwie in zwei verschiedenen Welten: Für unsere Eltern, Geschwister und Lehrer in der realen Welt und in der restlichen Zeit in unserer eigenen Fantasiewelt. Geschickt lernten wir die Welten voneinander zu trennen, denn unsere größte Angst war es, dass unsere Eltern etwas von unserem Ort erfahren würden und uns vielleicht verbieten würden, dorthin zu gehen.

Ich weiß nicht, ob es sie überhaupt interessiert hatte, wo wir uns in unserer Freizeit aufhielten und auch nicht, ob sie es uns wirklich verboten hätten, aber als Kind dachten wir das so und wollten natürlich kein Risiko eingehen.

Unsere Ferien verbrachten wir hauptsächlich bei unserer Großmutter. Schon die Zugfahrt zu ihr war immer wie ein kleines Abenteuer für uns. Mutter packte immer ein kleines Picknick, bestehend aus belegten Broten, Früchten und Saft, für uns ein, das wir dann im Zug futterten. Um uns die Zeit zu vertreiben, spielten wir Karten, malten Bilder oder schauten uns einfach nur die verschiedenen Mitreisenden an. Wenn uns jemand besonders faszinierte, überlegten wir uns, was für ein Mensch der Ausgesuchte wohl war und was für ein Leben er führte. Dabei lachten wir immer viel, sodass wir ab und an ein paar sehr missbilligende Blicke von einigen Erwachsenen ernteten.

Vom Bahnhof aus waren es noch circa fünf Kilometer bis zu Großmutters Hof. Wir liefen immer singend die Straße entlang und machten nur Rast, wenn unsere Gepäckstücke uns zu schwer wurden. Wenn wir dann an unserem Ziel ankamen, erwartete uns unsere Großmutter schon sehnsüchtig. Sie machte sich jedes Mal Sorgen, ob wir

Mädchen auch gut ankommen würden. Als Kind habe ich das nicht verstanden, aber es war schön, die Freude in ihren Augen zu sehen.

Nach einer innigen Umarmung bot uns Großmutter stets Milch und selbstgebackene Kekse an. Oh Mann, die waren immer so was von lecker! Als Erwachsene habe ich ein paar Mal versucht, solche Kekse nach Großmutters Rezept nach zu backen. Aber es gelang mir nie. Irgendwie fehlte immer das gewisse Etwas.

Bei Großmutter auf dem Hof gab es immer viel zu tun für uns. Wir halfen bei der Gartenarbeit, holten die Eier aus dem Hühnerstall oder putzten das Haus. Ich fand das immer großartig, denn es fühlte sich wie eine Art Daseinsberechtigung an. Anders kann ich es nicht ausdrücken. Laureen hingegen war, glaube ich, nie so begeistert von der Arbeit. Sie beschwerte sich zwar nie, aber ich konnte ihr Unbehagen spüren.

Wenn wir nicht bei Großmutter arbeiteten, erkundeten Laureen und ich immer die Umgebung rund um den Hof. Nicht weit entfernt gab es auch hier einen schönen Park mit einem Spielplatz, mehrere kleine Seen und jede Menge Angler. Einen Wald gab es nicht, dafür aber einen kleinen Streichelzoo, in dem Ponys, Ziegen, Meerschweinchen, Hasen, Rehe und verschiedene Vogelarten zu Hause waren. Unser Vater hatte uns einst erzählt, dass es hier, als er noch ein Kind gewesen war, sogar mal einen Bären gegeben hatte.

Es war kein großes Gelände, aber es war irgendwie magisch. Laureen und ich liebten beide diesen Teil des Parks und die Tiere.

Hier traf ich erstmals auf Gajus. Es war sofort um mich geschehen, als ich ihn so locker an das Wildgehege gelehnt stehen sah.

Zaghaft hatte ich ihn angelächelt und mein Herz setzte für einen kurzen Augenblick aus, als er daraufhin grinsend auf mich zu kam.

Unsere Blicke trafen sich und ich spürte die Millionen Schmetterlinge in meinem Bauch fliegen, als er mich an jenem Tag das erste Mal leidenschaftlich küsste.

Ich war dreizehn und total verknallt in ihn.

Das war der Moment, als ich begann, mich von Laureen abzunabeln.

## 3.

*P*lötzlich wollte ich nicht mehr die ganze Zeit nur mit Laureen verbringen und brauchte auf einmal ganz viel Zeit für mich. Ich fühlte mich wie zwiegespalten, denn auf der einen Seite wollte ich Laureen ja nicht verletzen, aber auf der anderen widerte mich ihre Anwesenheit regelrecht an.

Ständig überlegte ich mir Ausreden und wenn mir keine einfielen, zettelte ich einen Streit an, nur um wutentbrannt wegrennen zu können. Die arme Laureen verstand das gar nicht und im Nachhinein betrachtet hätte ich wahrscheinlich nur mit ihr reden müssen und es ihr erklären sollen. Sicher hätte sie es verstanden oder es wenigstens aus Liebe zu mir respektiert, aber so weit dachte ich natürlich mit dreizehn nicht.

Wenn ich mich mit Gajus traf, war mir alles andere egal und falls ich doch mal ein schlechtes Gewissen wegen Laureen bekam, wischte ich es aus meinen Gedanken, indem ich mir vorstellte, wie langweilig es doch für sie wäre, uns beim Knutschen zuzusehen.

Jeden Tag traf ich mich mit ihm bei den Tiergehegen und alles war so unglaublich schön mit ihm. Man sagt immer, die erste große Liebe vergisst man nie und das stimmt bei mir hundertprozentig. Ich kann mich an jede Einzelheit von ihm erinnern. Gajus war damals achtzehn, hatte dunkelbraunes, seidiges Haar und wunderschöne braune Augen. In diesen hatte ich mich so oft verloren. Immer wenn wir uns küssten, kribbelte es wie verrückt in meinem Bauch und ich sehnte mich noch mehr nach seiner Nähe.

Die Ferien vergingen wie im Flug und dann kam der Tag des Abschieds. Gajus hielt mich in seinen Armen und obwohl ich stark sein wollte, weinte ich dicke Tränen. Es war der furchtbarste Moment in meinem jungen Leben. Es brannte in meinem Körper, ich wollte schreien und konnte es doch nicht. Am liebsten wäre ich gestorben, so weh tat es. Doch Gajus streichelte ganz sanft über mein Haar, während ich schluchzte. „Hey, Kleines", flüsterte er, „bald sind wieder Ferien und dann sehen wir uns wieder. Das verspreche ich dir."

Ich weiß noch, dass ich ihn mit rotunterlaufenen Augen angesehen hatte und ihn fragte, ob er das auch wirklich ernst meinte und er nickte nur. Dann küsste er mich lang.

Die gesamte Zugfahrt über weinte und schluchzte ich. Laureen wiegte mich die ganze Zeit in ihren Armen. Sie war echt toll. Überhaupt nicht nachtragend oder so, sondern sie war einfach nur für mich da.

Die folgenden Tage waren echt die Hölle für mich. Ich konnte nur noch an Gajus denken und jeden Abend weinte ich mich in den Schlaf. So vergingen die Wochen, die mir so unwirklich vorkamen, wie gespenstige Nebelschwaden. Alles war wieder so normal: Die Schule, die Hausaufgaben, meine Familie und doch bekam ich jegliches Geschehen nur am Rande mit. Ich kam mir vor wie ein Zombie, dem das Herz entrissen wurde. Ich sehnte mich dermaßen nach ihm, dass es unbeschreiblich weh tat. Tag für Tag wartete ich sehnsüchtig auf ein Signal von ihm, dass auch er mich vermisste. Irgendein Lebenszeichen von ihm hätte mir auch schon gereicht, aber all meine Briefe an Gajus blieben die ganze Zeit über unbeantwortet.

Ich konnte die nächsten Ferien kaum erwarten und als sie endlich greifbar nah kamen, überkam mich die Angst. Was, wenn er mich schon vergessen hatte? Oder noch schlimmer: Vielleicht hatte er ja schon eine Andere. Diese Gedanken brachten mich noch mehr um den Verstand und die letzten Tage vor Ferienbeginn litt ich doppelt.

Die Bahnfahrt, die sonst so ein schönes Abenteuer für uns war, fühlte sich sehr befremdlich und quälend an. Es war ein Gefühl nicht atmen zu können und ich zitterte die ganze Zeit. Ich konnte es gar nicht abwarten in den Park zu kommen und musste mich sehr zusammenreißen, damit meine Großmutter nichts mitbekam. So ruhig wie möglich aß ich ihre Kekse und trank die bereitgestellte Milch. Ich machte meine Aufgaben auf dem Hof so sorgfältig wie immer, dabei wollte ich eigentlich nur zu ihm. Laureen war die einzige, die Bescheid wusste, wie sehr es in mir brodelte. Nach einiger Zeit flüsterte sie mir zu: „Nun geh schon! Ich mach das für dich." Das ließ ich mir nicht zweimal sagen. Ich umarmte meine Schwester flüchtig und rannte dann so schnell es mir möglich war in den Park.

Als ich bei den Tiergehegen ankam, pochte mein Herz bis zum Hals. Schwer atmend blickte ich mich um, doch nirgendwo war er zu sehen. War ich wirklich so dumm zu glauben, er würde hier auf mich warten? Mir stiegen schwere, heiß brennende Tränen in die Augen. Gedankenverloren streichelte ich ein Pony und setzte dann zum Gehen an. Da hörte ich Schritte hinter mir. Freudig drehte ich mich um und blickte in das erstaunte Gesicht eines Joggers.

Jeden Tag war ich im Park, aber Gajus erschien nie. Ein paar Mal lief ich zu seinem Haus und klingelte. Die ersten

Tage war niemand zu Hause. Erst in der zweiten Ferienwoche öffnete mir jemand die Tür. Es war seine Mutter und allein ihr Anblick ließ das Blut in meinen Adern gefrieren. Sie jagte mich buchstäblich davon und ich traute mich für den Rest der Ferien nicht mehr in die Nähe seines Hauses.

So vergingen die Ferien, ohne dass ich ihn auch nur einmal sah.

Die Tatsache Gajus nicht gesehen zu haben, war wirklich schlimm für mich, aber sie war nicht mein schlimmstes Erlebnis in diesen Herbstferien. Obwohl ich zugeben muss, dass mir erst später klar wurde, wie viel Glück ich gehabt hatte.

Es war an einem Nachmittag, an dem ich wieder vergebens auf Gajus im Park gewartet hatte. Ich machte mich gerade auf den Heimweg zu meiner Großmutter, als ich den geschiedenen Mann meiner Tante traf. Wir begrüßten uns, plauderten etwas und dann lud er mich auf eine Cola zu sich nach Hause ein. Ganz ehrlich, ich hatte mir überhaupt nichts dabei gedacht, er war doch mein Onkel! Also ging ich mit ihm mit. Er wohnte ja auch nicht weit von Großmutter entfernt. Als wir zu ihm kamen, redeten wir über dies und jenes und ich erzählte ihm sogar von Gajus. Ich fand es toll, wie erwachsen er mich behandelte. Und ständig machte er mir Komplimente, wie hübsch ich doch sei und so weiter. Und dann fragte er nach meinem Preis.

Ich verstand zuerst seine Frage überhaupt nicht. Doch er meinte, er wäre bereit mir viel Geld zu geben, wenn er meinen nackten Körper sehen und anfassen dürfe. Und er würde mir noch mehr Geld geben, wenn ich mit ihm schlafen würde. Entsetzt und erschrocken wollte ich nur noch weg und lief zur Tür, die jedoch verschlossen war. Ich war wie von Sinnen und rüttelte wie eine Irre an der Türklinke.

Mein Onkel näherte sich mir, meinte ich solle mich nicht so anstellen, es war doch alles nur Spaß. Ich drohte ihm, dass ich schreien werde, wenn er mich nicht augenblicklich gehen lässt. Also öffnete er die Tür und ohne weiter nachzudenken stürmte ich an ihm vorbei aus dem Haus.

Den ganzen Weg zum Hof meiner Großmutter rannte ich. Ein paar Mal stolperte ich, sodass ich fast fiel, aber das war mir egal. Ich wollte einfach nur so schnell wie möglich weg. Bei Großmutter angekommen, starrte mich Laureen fassungslos an. Sie wusste sofort, dass etwas nicht stimmte. Ich stürzte mich in ihre Arme und erst da begriff ich, wie knapp es für mich gewesen war. Unter Tränen erzählte ich meiner Schwester von der Begegnung mit unserem Onkel. Die arme Laureen wurde ganz bleich. Auch sie weinte. Dann meinte sie, wir müssten das von Onkel Bill unseren Eltern erzählen. Also riefen wir sie an.

Tja, und an dieser Stelle verlässt mich leider mein Gedächtnis. Ich habe jetzt sehr lange darüber nachgedacht, aber mir fällt beim besten Willen nicht ein, wer an diesem Tag unser Telefonat entgegennahm.

Ich erzählte also meinem Vater (oder meiner Mutter), was geschehen war und das war's auch schon. Sie reagierten nicht oder jedenfalls nicht so, wie man es von Eltern in solch einer Situation erwarten würde. Denn sie fanden es zwar alles furchtbar, aber ich sollte den Vorfall unter gar keinen Umständen meiner Großmutter erzählen, zumal ja gar nichts wirklich passiert sei.

Sie fragen sich warum? Oder denken Sie vielleicht an das schwache Herz meiner Großmutter? Nein, es war, weil meine Großmutter so große Stücke auf Onkel Bill hielt und man sollte das Bild einer alten Frau nicht zerstören.

Das war`s also. Die Geschichte wurde unter den Teppich gekehrt und niemand verlor jemals wieder ein Wort darüber. Ich auch nicht, denn ich wollte nur so schnell wie möglich vergessen, was mir da fast passiert wäre und ich wollte den Schmerz loswerden, den ich fühlte, weil niemand meinen Onkel zur Rechenschaft zog.

Die nächsten Tage verliefen, nun ja, normal würde ich sagen. Wir erledigten unsere Aufgaben auf dem Hof und Laureen begleitete mich jeden Tag in den Park, um auf Gajus zu warten. Aber wie schon erwähnt, erschien dieser nicht.

Dann kam der Tag der Heimreise. Laureen und ich waren seltsam still während der gesamten Zugfahrt. Jede war in ihre eigenen Gedanken versunken und doch dachten wir beide an das Selbe.

„Meinst du, sie werden nochmal was dazu sagen?", fragte mich Laureen kurz bevor wir aussteigen mussten.

Ich zuckte nur mit den Schultern, denn ich wusste es wirklich nicht.

Über das Geschehene wurde nie wieder geredet und mit der Zeit verblassten der Schmerz und die Erinnerung immer mehr.

Ich dachte zwar weiterhin jeden Tag an meinen Gajus und hatte Sehnsucht nach ihm, doch mittlerweile konnte ich wieder fröhlich sein. Alles war wie früher: Laureen und ich waren wieder unzertrennbar. Die Ereignisse hatten uns buchstäblich wieder mehr zusammengeschweißt. Also verbrachten wir unsere gesamte Freizeit wieder vereint in unserem Paradies.

Der Herbst ging und so langsam wurde es Winter. Es wurde nun zeitiger dunkel und die Tage wurden immer kälter, weswegen wir nur noch selten in den Wald zu unserem Geheimversteck gehen konnten. Laureen und ich verbrachten die nächste Zeit also viel zu Hause und bastelten an unseren Weihnachtsgeschenken für unsere Eltern, Geschwister und natürlich für unsere Großmutter.

Oh Mann, mir war dermaßen mulmig im Magen zumute, wenn ich nur daran dachte, dass wir, wie jedes Jahr, Heiligabend bei Großmutter verbringen würden. Auf der einen Seite freute ich mich sehr, denn ich liebte Weihnachten mit all seinem ganzen Drumherum. Dann war da natürlich ganz klar die Hoffnung, Gajus doch noch wieder zu sehen. Und natürlich auch die Angst davor, erneut verletzt zu werden. Diese drei Geister spukten fortan immerzu in meinem Kopf umher und manchmal hätte ich am liebsten geschrien, um den Wirrwarr zu vertreiben.

In dem Jahr begann es schon Anfang Dezember zu schneien. Schöne dicke, weiße Flocken. An Weihnachten lag so viel Schnee, dass man die geparkten Autos auf den Straßen nur erahnen konnte. Nach der Bescherung gingen wir Geschwister alle zusammen in den Park. Es war fantastisch gewesen. Wir bauten zusammen einen Riesenschneemann und machten eine Schneeballschlacht. Alles war frei und ungezwungen und als ich mich lachend umdrehte, war er plötzlich da, wie aus dem Nichts. Ich traute meinen Augen kaum. Es war, als würde ich einen Geist sehen. Er stand da und grinste mich an.

Wie in Trance schwebte ich förmlich auf Gajus zu. In einem Film wäre in solch einer Situation eine mysteriöse Melodie erklungen. Aber es war natürlich kein Film und doch kam mir alles absolut unwirklich vor. Während ich

26

also auf ihn zu schwebte, vernahm ich die Stimmen der anderen nur noch als leises Summen in meinen Ohren. Ich blickte ihm die ganze Zeit tief in die Augen und suchte instinktiv nach Antworten, die ich jedoch nicht finden konnte. Ohne ein einziges Wort küsste mich Gajus, als ob wir nie getrennt gewesen waren. Als sich unsere Lippen wieder lösten, sah ich die Begierde in seinen Augen glitzern. „Komm heute Nacht zu mir, meine Eltern sind verreist. Ich erwarte dich!", flüsterte er mir zum Abschied zu, dann verschwand er ohne ein weiteres Wort.

In jener Nacht schlich ich mich heimlich zu Gajus und verlor meine Unschuld.

Als ich am Ende der Ferien wieder nach Hause fuhr, tat es schon nicht mehr so weh, wie beim ersten Mal. Natürlich vermisste ich Gajus, aber irgendwie fühlte sich mein Herz verschlossener an.

## 4.

Wieder blieben meine Briefe unbeantwortet, aber ich hegte auch nicht mehr so viel Hoffnung, ein Lebenszeichen von Gajus zu bekommen. Ich hatte mich verändert. Ja, irgendwie war ich auf einmal reifer geworden und begann die Welt, insbesondere die Jungs an meiner Schule, mit ganz anderen Augen zu sehen. Plötzlich erkannte ich, dass einige gar nicht so ätzend waren, wie ich es bis dahin gemeint hatte, und als ich begann, hinter die Fassade einzelner Menschen zu blicken, erkannte ich teilweise Dinge, die ich nie für möglich gehalten hätte. Da war zum Beispiel unser Klassenrowdy Matze, der sich nachmittags immer hingebungsvoll um seine kranke Oma kümmerte, oder unser Pausenclown Martin, der zu Traurigkeit neigte und diese mit seinen ständigen blöden Witzen überspielte. Alles hatte plötzlich zwei Seiten. Natürlich erkannte ich nicht nur die guten Eigenschaften meiner Mitmenschen, sondern stellte auch fest, dass es viel zu viele gab, die ein falsches Spiel spielten. Ich entwickelte eine Art Hass gegenüber diesen Leuten. Bemerkte ich eine Lüge, tat ich alles dafür, diese Person auffliegen zu lassen. Zugegeben, Freunde machte ich mir so nicht gerade, aber das war mir egal. Ich brauchte Wahrhaftigkeit und keine Lügen.

Die Jungs in unserer Klasse taugten allerdings im besten Fall was als Freunde, aber in unserer Parallelklasse und in den oberen Stufen liefen doch schon echt süße Exemplare rum. Manchmal stellte ich mir vor, wie es wäre, mit dem einen oder anderen rumzuknutschen. Ich flirtete viel und ab und an ging ich mit einem Jungen. Aber mehr als

Händchenhalten, Küssen und eventuell etwas Fummeln war nicht drin. Es kamen einfach keine Schmetterlinge. So sehr ich es auch wollte und mir wünschte, ich verliebte mich einfach nicht. Etwas in mir schien mir diese Gefühle zu untersagen.

Die Osterferien nahten und es sollten die ersten sein, die Laureen und ich nicht bei unserer Großmutter auf dem Hof verbringen würden. Ich war schrecklich durcheinander und meine Gefühle drehten sich im Kreis. Was, wenn Gajus diesmal im Park auf mich warten würde? Andererseits erschien selbst mir dieser Gedanke absolut absurd, also begann ich mich auf unseren ersten richtigen Familienurlaub am Meer zu freuen.

Wir fuhren mit einem kleinen Bus, den mein Vater extra für diesen Urlaub gekauft hatte, an die spanische Mittelmeerküste. Die Fahrt dauerte zwei Tage. Trotz vieler Pausen war diese Fahrt die reinste Qual. Doch keiner von uns wagte es zu jammern, denn unser Vater war die ganze Fahrt über sehr gereizt und schrie alle und jeden an, sobald ihm etwas nicht passte. Also sagte niemand von uns auch nur einen Piep.

Als wir an unserem Ziel ankamen, waren alle Strapazen der gesamten Fahrt mit einem Schlag vergessen.

Obwohl dieser Urlaub nun siebzehn Jahre zurückliegt, kann ich mich an jedes Detail erinnern: Das Haus ganz schlicht und doch mit nichts an Schönheit zu vergleichen; man konnte die Blumen riechen, die rund ums Haus wuchsen, die Luft schmeckte salzig und man konnte das Meer rauschen hören.

Es war für mich der perfekteste Ort, den ich je gesehen hatte, und als ich zum Strand lief, um dort den Sonnenuntergang in all seiner Farbintensität wahrzunehmen und dabei zusah, wie das Meer die Sonne zu verschlucken schien, war es das erste Mal, dass ich mich ganz fühlte. In diesem Moment war ich frei und konnte einfach ich selbst sein. Für niemanden musste ich mich verstellen. Es gab nur mich, den Strand, das Meer und die untergehende Sonne.

Die zwei Wochen vergingen viel zu schnell und wieder musste ich schweren Herzens Abschied nehmen. Die ganze Autofahrt über weinte ich innerlich stumme Tränen und ich beschloss für mich selbst, mein Herz zu verschließen, um nie mehr leiden zu müssen.

Okay, zugegeben, einen Entschluss, den man mit dreizehn Jahren fasst, für immer durchzuziehen, ist wahrscheinlich genauso realistisch, wie einen Sechser im Lotto zu haben. Meine guten Vorsätze jedenfalls hielten genau so lange, bis mich ein Brief von Gajus erreichte. Oh Mann, ich weiß noch genau, wie sehr meine Hände zitterten, als ich ihn öffnete. Als ich dann auch noch las, dass Gajus jeden einzelnen Ferientag auf mich bei den Tiergehegen gewartet hatte, war es komplett um mich geschehen.

Ich machte mir Vorwürfe, weil ich zu diesem blöden Familienurlaub mitgefahren war, an dieses blöde Meer. Und ich hasste mich selbst noch mehr dafür, weil ich das Meer und all meine Erinnerungen an den Urlaub so sehr liebte. Ich schrieb noch am selben Abend einen Brief an Gajus und wartete jeden Tag auf eine Antwort von ihm. Doch wieder blieb mein Brief unbeantwortet.

Laureen und ich verbrachten nun wieder unsere Freizeit in unserem Paradies. Wir waren froh, dass das Wetter es wieder zuließ, unseren Ort aufzusuchen und genossen die unbeschwerten Stunden. Manchmal erzählte ich ihr von

Gajus und was ich mit ihm schon alles gemacht hatte. Laureen saß dann immer mit weit aufgerissenen Augen da und lauschte wissbegierig.

Zwei Wochen vor Beginn der Sommerferien verstarb meine Großmutter durch eine Lebensmittelvergiftung.

Als ich von ihrem Tod erfuhr, kam mir das irgendwie unwirklich vor. Wie sollte das gehen, dass sie plötzlich nicht mehr lebte? Und was war mit mir und Gajus? Würde ich ihn jemals wiedersehen?

Das ist mir äußerst peinlich, aber genau diese Fragen spukten durch meinen Kopf.

In unserer Familie wurde es sehr ruhig. Meine Eltern trauerten genauso wie wir Kinder um sie. Der Tod meiner Großmutter hinterließ in uns allen eine tiefe Leere.

## 5.

Können Sie sich noch an einen Geburtstag aus Ihrer Kindheit oder Jugend erinnern? Meine erste bewusste Erinnerung an einen meiner Geburtstage ist mein fünfzehnter Geburtstag. Ich war sehr aufgeregt an diesem Tag, denn wir feierten ihn mit unseren Freunden in einer Diskothek. Mein erster richtiger Discobesuch! Klar war ich vorher schon mal in einem Jugendclub gewesen, aber noch nie in einer richtigen Disco. Es war alles total eindrucksvoll für mich: Der große Raum, die flackernden Lichter von der Discokugel, der ohrenbetäubende Lärm, die vielen Menschen. Fast die ganze Klasse war da, um mit uns zu feiern. Wir tanzten ausgelassen und ich war einfach glücklich. Alles war perfekt bis zu dem Augenblick, an dem Laureen auf Marc traf.

Ich glaube, es war Liebe auf den ersten Blick bei den beiden. Die zwei sahen sich an, gingen stumm aufeinander zu und tanzten zu irgendeinem langsamen Lied. Mit einem Schlag fühlte ich mich allein gelassen und verraten. Ich meine, nicht, dass ich das Laureen nicht gönnte, aber auf einmal fühlte ich diese Eifersucht, ohne dass ich es wollte. Wie er sie anblickte, werde ich wohl nie vergessen: Als ob sie das Teuerste, Wertvollste und Beste wäre auf der ganzen Welt. Noch nie hatte mich ein Junge so angesehen und automatisch musste ich an Gajus denken. Hatte er mich je so angesehen? Nein, das hatte er nicht! Und überhaupt war ich für niemanden so toll wie Laureen für diesen Marc. Heißkalte Tränen stiegen in mir auf und brannten schwer in meiner Brust. Das einzige, was ich nun noch wollte, war weglaufen. Wohin war mir egal. Ich wollte einfach nur weg. Also ging ich, ohne jemandem ein Wort zu sagen.

Ich lief in die dunkle Nacht ohne ein wirkliches Ziel und merkte erst, welche Richtung ich unbewusst eingeschlagen hatte, als ich den aus Ästen, Zweigen und Laub gebauten Unterstand schon sehen konnte. Ja, das war der Ort, an dem ich mich geborgen fühlte. Hier war ich sicher.

Ich kuschelte mich in eine Decke, die Laureen und ich vor einiger Zeit hier vergessen hatten und schluchzte mich in den Schlaf. In dieser Nacht träumte ich gar nicht gut. Was, weiß ich natürlich nicht mehr nach so vielen Jahren, aber ich erinnere mich genau, dass ich aus diesem Traum angstvoll hochschreckte und mein Herz wie wild klopfte.

Als ich dann später nach Hause kam, gab es Riesenärger. So wütend hatte ich meine Eltern noch nie erlebt. Am liebsten wäre ich wieder gegangen. Ich wollte doch einfach nur meine Ruhe haben und ehe ich mich versah, klatschte die Hand meines Vaters schallend auf meine Wange. In diesem Moment wusste ich gar nicht, wie mir geschah. Noch nie zuvor war mir ins Gesicht geschlagen worden und dieser Schmerz war mit nichts zu vergleichen. Mir wurde nicht nur ins Gesicht geschlagen, sondern mitten in meine Seele.

Weinend lief ich in mein Zimmer und schmiss mich auf mein Bett. Alles kam mir fürchterlich ungerecht vor. Ich weinte dicke Tränen und schlief dann erschöpft ein. Als ich wieder erwachte, streichelte mir jemand behutsam über den Rücken. Es war Laureen, die mich sanft anblickte. Sie redete ganz leise, sagte, dass sich alle ganz viele Sorgen um mich gemacht hatten und natürlich wollte sie wissen, warum ich abgehauen war. Erneut musste ich heftig weinen. Was sollte ich ihr denn antworten? Im Grunde genommen wusste ich doch selber nicht, was mit mir los war, wieso ich auf einmal diese Eifersucht empfand.

Absurderweise ist mir am deutlichsten von den ganzen Geschehnissen dieses Tages der Verlust meines Ohrrings im Gedächtnis geblieben, den ich wegen der Ohrfeige verloren hatte und nie mehr wiedergefunden hatte.

## 6.

Von nun an war es Laureen, die sich von mir abkapselte. Zugegeben, sie machte es netter als ich. Immer wieder versuchte sie, mich mit einzubinden. Wenn sie mit Marc ins Kino gehen wollte, fragte sie mich beispielsweise stets, ob ich mit wolle. Natürlich wollte ich nur selten mit den beiden zusammen etwas unternehmen. Zum einen, weil ich ja selbst wusste, dass Pärchen lieber unter sich waren und man sich als Einzelperson dabei sowieso nur als Störfaktor fühlte. Und dann muss ich ehrlich zugeben, dass ich Laureen nicht gerne teilte. Marc war nett, ja okay, aber trotzdem herrschte eine gewisse Spannung zwischen uns, denn ich gab ihm die Schuld, dass sich Laureen verändert hatte.

Aber war sie wirklich anders als zuvor oder hatte sie einfach nur weniger Zeit für mich allein?

Ganz ehrlich, ich weiß es gar nicht genau. Ich fühlte mich halt sehr einsam.

Wie gern hätte auch ich wieder diese Schmetterlinge im Bauch gefühlt, aber Gajus war tief in meinem Herzen verankert und dadurch hatte kein anderer Junge eine reale Chance, einen Weg zu meinen Gefühlen zu finden. Ich wollte ihn vergessen und konnte es doch nicht.

Laureen war und ist eigentlich immer noch so etwas wie eine Heilige. So einen Menschen wie Laureen muss man einfach erleben. Jeder, der sie kennenlernt, mag sie, denn sie ist stets liebenswert, absolut selbstlos und bedingungslos loyal. Während ich jetzt von ihr schreibe, wird mir wieder einmal so richtig bewusst, welch ein Glück es ist, sie als Schwester zu haben. Ich habe ihr unendlich viel zu verdanken und immer, wenn ich nicht weiter wusste, war sie mein Fels in der Brandung.

Nun gut, Laureen verbrachte also ihre Zeit von nun an mehr mit Marc. Oder sollte ich schreiben: Ich verbrachte weniger Zeit mit den beiden? Naja, wie auch immer, ich fühlte mich als einzelner Zwilling, der seinen Gegenpol sucht. Also begann ich Kontakte mit anderen zu knüpfen. Erst da wurde mir bewusst, dass ich niemanden hatte, den ich als wahren Freund bezeichnen konnte. Klar kam ich mit den Leuten aus meiner Klasse und auch aus den anderen Klassenstufen gut zurecht, aber richtige Freunde waren darunter keine.

Ob es Schicksal war oder nicht, weiß ich nicht. In der zehnten Klasse kam eine neue Schülerin zu uns: Jessica. Ab diesem Tag verbrachte ich meine Freizeit mit ihr. Und auch in der Schule waren wir unzertrennlich. Ich hatte endlich eine echte Freundin. Manchmal unternahmen Jessica und ich zusammen etwas mit Marc und Laureen, aber meist waren wir zu zweit unterwegs. Am liebsten gingen wir shoppen und jeden Samstag in die Disco. Wir flirteten viel und hatten wirklich jede Menge Spaß.

Nach dem Abitur trennten sich allerdings unsere Wege gewissermaßen. Denn obwohl wir versucht hatten, Job und Freundschaft gleichermaßen wichtig zu nehmen, gelang es uns nicht, unsere unterschiedlichen Zukunftsziele miteinander zu koppeln, sodass wir mit der Zeit immer weniger zusammen unternahmen und zum Schluss eigentlich jede von uns ihren eigenen Weg ging. Laureen machte eine Lehre im Einzelhandel, Jessica bewarb sich als Floristin und ich suchte mir einen Ausbildungsplatz als

Rechtsanwalt- und Notarfachangestellte in einer renommierten Anwaltskanzlei.

Dort traf ich auf Thorben: Groß, rehbraune Augen, dunkle Haare, stets gut gekleidet, einfach zum Anbeißen sexy. Ich verliebte mich augenblicklich in ihn!

Da war es wieder, das Gefühl von Schmetterlingen, das ich bisher nur bei Gajus empfunden hatte.

Thorben sah nicht nur gut aus, sondern war auch unglaublich gebildet. Es machte mir Freude, mich mit ihm zu unterhalten, denn wir kommunizierten auf einer Ebene, die ich so gar nicht kannte. Noch nie hatte mich jemand so intellektuell stimuliert, wie er es tat.

Wenn wir uns trafen, redeten wir oft stundenlang ohne einander zu langweilen, und als er mich zum ersten Mal küsste, fühlte ich mich dem Himmel nah. Mich störte nicht, dass er zwölf Jahre älter als ich war, denn ich wusste einfach, dass wir füreinander bestimmt waren. Alles stimmte einfach zwischen uns: Wir hatten super zärtliche und doch sehr leidenschaftliche Stunden; wir redeten über alles, aber wenn wir es wollten, verstanden wir uns auch wortlos; wir hatten die selben Vorlieben und sogar den selben Humor. Alles schien perfekt und dann verschwand Thorben einfach ohne ein Wort.

Er erschien nicht mehr auf der Arbeit, ging nicht mehr an sein Telefon und öffnete auch nicht bei sich zu Hause die Tür. Ich wusste einfach nicht, wie mir geschah. Wie konnte er mir das antun und einfach verschwinden? Was hatte ich nur falsch gemacht? Meine kleine heile Welt zerbrach und begann sich zu drehen und der Schmerz des Verlustes überschattete alles.

Wieder war ich der Zombie mit dem rausgerissenen Herz. Nach außen hin ließ ich mir nichts anmerken. Ich machte meinen Job so gut wie immer, aber innerlich kam ich vor Verzweiflung fast um. Warum war er verschwunden? Was war passiert? Fragen um Fragen, ich wollte Antworten und fand sie doch nicht.

Die Zeit verstrich und auch diesmal ließ der Schmerz nach, genau wie es damals bei Gajus der Fall gewesen war. Ich war fest gewillt, fortan mein eigenes Leben zu leben, meine Träume zu verwirklichen und einfach frei zu sein, ohne Männer, die einem sowieso nur wehtaten.

Oh, denken Sie nur nicht, ich hätte nicht nach ihm gesucht und alles in meinem Schmerz einfach so hingenommen. Nein, nein, im Gegenteil, ich war bei der Polizei und suchte sogar seine Eltern auf. Es war mir damals sehr peinlich ihnen zu erklären, wer ich war, denn bisher hatten sie ja keine Ahnung von einer "Schwiegertochter". Ich kam mir unglaublich dumm vor, aber ich muss zugeben, die zwei waren wirklich toll. Absolut liebenswert und es ging von ihnen eine Herzenswärme aus, die es mir noch schwerer machte zu akzeptieren, dass ich Thorben aus meinen Gedanken und aus meinem Herz verbannen musste. Wie mir schon im Büro mitgeteilt worden war, war es Thorbens Natur, einfach so von jetzt auf gleich für ein paar Wochen (manchmal waren es auch Monate oder Jahre) ohne ersichtlichen Grund unterzutauchen und genauso plötzlich, wie er verschwand, tauchte er bisher auch immer wieder auf. Dies bestätigten mir nun also auch seine Eltern. Eine Weile blieb ich mit ihnen noch in Kontakt und erkundigte mich per Telefon, ob sich ihr Sohn bei ihnen gemeldet hatte.

Vielleicht bildete ich mir das damals nur ein, aber ich bekam immer mehr das Gefühl, nervig zu sein. Daher stellte ich nach einiger Zeit meine Telefonanrufe bei ihnen ein, was mir wirklich schwerfiel. Nicht nur, weil mein letzter Faden zu Thorben somit abriss, sondern auch, weil ich mir die zwei so sehr als eine Art Familie gewünscht hätte.

Als ich genügend Geld zusammengespart hatte, suchte ich mir ein kleines Zwei-Zimmer-Apartment und zog bei meinen Eltern aus. Das war der erste Schritt in meine Freiheit und somit in mein neues Leben.

Bei der Einrichtung meiner Wohnung gab ich mir besonders viel Mühe, alles liebevoll herzurichten. Mir war es wichtig, mich in meinem eigenen Reich wohl und geborgen zu fühlen.

Zur selben Zeit, in der ich meine Wohnung bezog, fing Laureen an, Heiratspläne mit Marc zu schmieden. Meine Gefühlswelt erlag nun völlig dem Chaos, denn ich muss zugeben, ich missgönnte meiner Schwester ihr Glück und dafür hasste ich mich sehr. War es nicht Laureen gewesen, die immer meine Tränen getrocknet und mir Beistand geleistet hatte? Ich wollte ja eigentlich gar nicht so fühlen, vielmehr wollte ich einfach nur auch ein kleines Fitzelchen Glück für mich.

Die nächsten sechs Monate waren der reinste Spießrutenlauf, denn lieber hätte ich mir die Zunge abgebissen, als Laureen zu sagen, dass ich neidisch auf sie war. Wann immer wir uns trafen, ging es nur um das eine große Thema: Heiraten. Wie findest du diesen Ring? Lieber rote Rosen oder weiße Lilien? Fragen um Fragen. Einmal hatte Laureen sogar zu mir gesagt, dass sie es wunderbar finden würde, wenn wir zusammen vor den Traualtar treten würden. Ich hatte sie nur angeschaut und mit den Schultern gezuckt. Natürlich weiß ich, dass sie das ernst gemeint hatte, aber ich hatte mir mein Single-Dasein doch nicht ausgesucht. Oder?

Laureen war furchtbar nervös, denn natürlich wollte sie alles perfekt haben. Groteskerweise war meine emotionale Ablehnung genau das, was Laureen in dieser Zeit am meisten half, denn ich war – wie soll ich es Ihnen beschreiben? – einfach objektiv. Ja, ich denke, objektiv ist das richtige Wort! Ich konnte sie beraten, ohne gefühlsmäßig da so tief drin zu stecken, dass ich genauso unentschlossen war, wie Laureen.

Okay, ich gebe ja zu, es war nicht alles an den Hochzeitsvorbereitungen unangenehm für mich, denn das Brautkleid aussuchen zum Beispiel war ein Riesenspaß. Wir fuhren an einem Samstag in die Stadt und gingen von einem Brautmodengeschäft zum nächsten. In jedem probierte Laureen unzählige Brautkleider in allen möglichen Farben an und es floss einiges an Champagner. Es war ein feuchtfröhliches Vergnügen und am Ende des Tages hatten wir auch tatsächlich das perfekte Kleid für Laureens großen Tag gefunden: Ganz schlicht mit einem kleinen Reifrock, schulterfrei, bodenlang mit einer kleinen Schleppe, dezente Spitze – ein Traum in Weiß. Dazu natürlich passende Pumps und einen kurzen Schleier, der perfekt zur Schlichtheit des Kleides passte. Laureen sah einfach umwerfend aus!

Die nächsten Monate vergingen wie im Flug und eine Woche vor der großen Hochzeit fuhren Laureen, ein paar Freundinnen von ihr und ich übers Wochenende nach Paris, um ihren Junggesellinnenabschied würdig zu feiern. Natürlich hatten wir Mädels alle das gleiche T-Shirt an, mit einem Foto der Braut und dem Schriftzug „*féminine par excellence - prend adieu"*. Was so viel heißt, wie: Prachtweib nimmt Abschied.

Wir feierten ausgelassen, flirteten viel, tanzten und tranken. Es war eines der schönsten Wochenenden in meinem Leben, denn ich genoss Paris so sehr. Den Anblick vom lichterglanzerfüllten Eiffelturm bei Nacht, werde ich nie vergessen und auch nicht, dass ich genau vor jenem das erste Lebenszeichen von Thorben via SMS nach mehr als acht Monaten bekam. Ich war wie im siebten Himmel und das war auch der Moment, an dem ich plötzlich begann, mich für Laureens Glück zu freuen.

Laureen hatte sich den perfekten Tag zum Heiraten ausgewählt: Die Sonne schien, am hellblauen Himmel zogen vereinzelt weiße Schäfchenwolken und es war weder zu warm noch zu kalt. Die standesamtliche Hochzeit wurde am Vormittag vollzogen und die kirchliche Trauung nachmittags in einem wunderschönen Schlossgarten.

Ich erinnere mich noch genau an diesen Tag. Na gut, ich gebe zu, ich halte gerade das Hochzeitsbild von Laureen und Marc in meinen Händen. Aber eigentlich brauche ich es nicht, um diesen Tag zu beschreiben, denn meine Erinnerungen an diesen Tag sind noch kristallklar. Es war herrliches Wetter und überall hörte man muntere Vögel zwitschern. Der Priester stand vor einem riesigen, herzförmigen Gebilde aus grünen Blättern und roten Rosen. Links vor ihm standen Marc, in einem sehr eleganten, marineblauen Anzug und sein Trauzeuge. Ich stand rechts von Marc als Trauzeugin der Braut. Die Gäste saßen auf weißen Bänken, die auf einer sattgrünen Wiese hintereinander gereiht standen, dabei aber den Mittelgang frei ließen. Ein kleines Orchester begann leise die Melodie „*The*

*Power of Love"* zu spielen und sechs kleine Mädchen in hübschen rosa Rüschenkleidern stolzierten mit ihren Körbchen den Mittelgang entlang und warfen dabei bunte Blütenblätter. Dann setzten sie sich auf die freien Plätze in der ersten Reihe. Und dann kam sie: Laureen, die wunderschönste Braut, die man sich nur vorstellen kann, geführt von unserem Vater. Als Marc seine Braut erblickte, stockte ihm der Atem. Diesen Anblick werde ich wohl nie vergessen, denn Marc blickte Laureen an, wie er es am allerersten Abend vor knapp fünf Jahren in der Diskothek getan hatte, als ob sie das Teuerste, Wertvollste und Beste auf der ganzen Welt wäre.

Die Feier an sich war ruhig und gediegen. Es wurde getanzt und hier und da ein Spielchen mit dem frischgebackenen Brautpaar gemacht. Aber das alles habe ich, so muss ich dann jetzt doch zugeben, gar nicht mehr wirklich realisiert, denn meine ganze Aufmerksamkeit galt an diesem Abend meiner Begleitung. Thorben sah so umwerfend aus wie eh und je. Ich konnte ihm einfach nicht böse sein. Die letzten Monate des Wartens und des Herzschmerzes waren einfach vergessen. Er lieferte mir zwar keine Antworten, aber das war mir alles nicht wichtig. Es zählte nur der Moment. Und wenn ich jetzt meine Augen schließe, höre ich die sanfte Musik und mit einem Lächeln denke ich an jenen Abend zurück, an dem ich mit Thorben im Mondschein tanzte und einfach glücklich war.

## 7

Ein Jahr nach der Heirat war Laureen endlich schwanger. Marc und sie waren außer sich vor Freude. Und auch ich freute mich sehr für die beiden.

Mein Leben war zu dieser Zeit noch immer das reinste Chaos. Thorben war da und verschwand, wie immer es ihm beliebte und ich wusste nie, ob ich ihn wiedersehen würde. Dieses ständige Hin und Her, diese stete Ungewissheit und Angst zerrten tagein, tagaus an meinen Nerven. Alles was ich wollte war Beständigkeit und Gewissheit, aber das war in einer Beziehung mit Thorben scheinbar nicht möglich.

In einer Zeit, in der Thorben mal wieder untergetaucht war, lernte ich Olaf kennen. Olaf war am Anfang sehr charmant zu mir, aber irgendwas an seiner Gestalt ließ schon bei unserem ersten Zusammentreffen alle Alarmglocken in mir läuten. Sein Wesen schreckte mich ab und gleichzeitig fühlte ich mich zu ihm hingezogen.

Sie finden das widersprüchlich? Dann wissen Sie, wie es mir ergangen ist! Mein Herz schrie nach Liebe, aber mein Verstand sagte: „Nein, lass die Finger von dem."

Natürlich hatte ich nicht auf meinen Verstand gehört und zu Beginn war auch alles schön. Wir trafen uns und landeten noch am selben Abend zusammen im Bett. Es flogen Funken und ab dieser Nacht waren wir zusammen. Anders als Thorben oder Gajus verschwand Olaf nicht, was eine ganz neue Erfahrung für mich war. Plötzlich kam ich von der Arbeit nach Hause und betrat keine leere Wohnung mehr, sondern es wartete jemand auf mich.

Dass ich die einzige von uns beiden war, die arbeiten ging und dadurch Geld heimbrachte, war mir anfänglich sogar egal. Ich hatte meine Beständigkeit, nach der ich schon so lange gesucht und mich gesehnt hatte.

Die ersten Streitigkeiten begannen, als die rosarote Brille so langsam verschwand und es mir nicht mehr egal war, wer das Geld verdiente, denn ich konnte gar nicht so schnell arbeiten, wie Olaf die Kohle verprasste. Außerdem ekelte es mich an, dass Olaf ständig angetrunken war. Schon zu diesem Zeitpunkt hätte ich die Notbremse ziehen müssen, denn mein Hirn schrie lauter und lauter. Doch ich hörte wieder auf mein Herz und vertraute auf seine Worte, dass er sich um Arbeit bemühen werde und dass er sich mir zuliebe ändern würde.

Sie erraten sicher schon, dass seine Worte leer blieben?

Olaf suchte nur halbherzig nach Arbeit und wenn er doch irgendwo eingestellt wurde, war dies nicht von langer Dauer. Wobei er ja natürlich nie Schuld hatte, sondern immer nur die anderen, was er als Vorwand nahm, um noch mehr zu trinken. Mit jedem Tropfen Alkohol, den er in sich hinein kippte, wuchs seine Aggressivität und wir stritten immer mehr.

Eines Abends waren wir unterwegs gewesen und bekamen wieder einen heftigen Streit. Er rastete völlig aus und schubste mich. Im letzten Moment, und nur unter Aufbringung meiner ganzen Kräfte, schaffte ich es, mich gerade noch abzufangen, um nicht vor ein vorbeifahrendes Auto zu stürzen. Ich war geschockt. Wie konnte er mir so etwas nur antun? Ich lief nach Hause und ließ ihn an diesem Abend nicht in meine Wohnung. Am nächsten Tag ging ich zur Polizei und erstattete Anzeige. Diese wurde allerdings eingestellt, weil er behauptete, ich habe ihn geschlagen. Somit stand Aussage gegen Aussage.

Es verging ungefähr eine Woche, ohne dass ich von Olaf hörte und dann stand er plötzlich vor meiner Tür mit einem riesigen Strauß roter langstieliger Rosen. Er weinte und beteuerte mir immer wieder, wie leid ihm das ganze tue und dass er sich wirklich ändern würde.

Ahnen Sie es? Ja, ich verzieh ihm. Olaf manipulierte durch sein Reden sein gesamtes Umfeld und besonders mich. Und auch wenn ich die Wahrheit erkannte, verschloss ich die Augen vor ihr. In nicht einmal zwei Monaten hatte er mich so unterwürfig gemacht, dass es mir vorkam, als könnte ich nicht ohne ihn sein, als wäre ich ein Nichts. Ich fühlte mich klein und schwach.

Sie fragen sich, was ihn so toll machte? Ganz ehrlich, ich weiß es nicht! Okay, er sah ganz gut aus: Braune Augen, dunkle zerzauste Haare mit leicht grauen Zügen, einen faserigen sehr maskulinen Körper, ein schelmisches Grinsen und der Sex mit ihm war grandios. Aber mehr Vorzüge gibt es nicht zu nennen. Glauben Sie mir, ich habe mir schon öfter das Hirn darüber zermartert nach dem Wieso, aber eine Erklärung habe ich bis heute nicht gefunden.

Aber ich schweife ab. Wo war ich stehengeblieben? Ach ja, Olaf stand also vor meiner Tür und wickelte mich wieder um seinen Finger. Alles war wieder wie zu Beginn unserer Beziehung, er war nett und zuvorkommend, kochte jeden Abend für uns und wir liebten uns jede Nacht. Nur war leider wirklich alles gleich geblieben, denn er war weiterhin arbeitslos, was ihm scheinbar nichts ausmachte. Aber mir! Besonders als ich bemerkte, dass mir ständig Geld aus meinem Portemonnaie fehlte. Am

Anfang redete ich mir ein, dass ich mich irren müsste, aber dann fehlte eines Tages meine EC-Karte.

Ich war gerade in einem Geschäft, in dem ich etwas total niedliches zum Anziehen für Laureens Baby gefunden hatte. Als ich an der Kasse bezahlen wollte, bemerkte ich das Fehlen meiner EC-Karte.

Sie glauben ja gar nicht, wie peinlich mir die ganze Angelegenheit war, als ich vor allen Leuten zugeben musste, dass ich nicht genug Geld dabei hatte. Mit hochrotem Kopf ließ ich die Babysachen zurückgehen.

Ich hetzte nach Hause und suchte überall nach meiner Karte. Als sie nirgends aufzufinden war, eilte ich zu meiner Bank. Ich fühlte mich der Ohnmacht nahe, als der Bankangestellte mir mitteilte, dass mein komplettes Konto leergeräumt worden war und nun ein dickes Minus aufwies. Meine ganzen Ersparnisse waren weg. Natürlich ließ ich sofort meine Karte sperren.

Tief in meinem Innersten wusste ich, dass es Olaf gewesen sein musste, aber ich konnte es nicht beweisen und wollte es mir ehrlich gesagt auch selbst nicht wirklich eingestehen, deshalb machte ich bei der Polizei eine Anzeige gegen Unbekannt.

An diesem Abend kam Olaf nicht zu mir nach Hause und ich konnte ihn auch nicht telefonisch erreichen. Erst drei Tage später stand er wieder vor meiner Tür und tat so, als ob nie was gewesen sei. Als ich ihn auf den Verlust meiner EC-Karte ansprach, war er richtig entrüstet und beleidigt, wie ich ihm so etwas nur unterstellen konnte. Augenblicklich bekam ich starke Schuldgefühle. Es tat mir schrecklich leid, dass ich ihn verdächtigt hatte und entschuldigte mich mehrfach.

Die nächsten Tage vergingen und ich war wegen meiner falschen Verdächtigungen das personifizierte schlechte Gewissen. Ich war nur froh, dass ich die Anzeige gegen Unbekannt gemacht hatte.

Die Zeit verstrich und als ich schon gar nicht mehr mit der Klärung meines Falls rechnete, traf ein Brief von der Polizei bei mir ein, in dem stand, dass nun die Bilder von der Überwachungskamera vorlägen und sie mich aufforderten, am Donnerstag zur eventuellen Identifizierung vorbeizukommen.

Mein Herz machte bei dieser Nachricht einen Freudenhüpfer. Endlich würde sich alles aufklären.

Ich war furchtbar aufgeregt, als ich am Donnerstag das Polizeirevier in Begleitung meines Bruders Richard betrat. Mit zitternden Händen nahm ich die Bilder in Empfang und ein kurzer Blick reichte mir, damit mir augenblicklich speiübel wurde. Um mich herum begann sich alles zu drehen und mir wurde schwarz vor Augen. Auf den Bildern erkannte ich niemand anderen als Olaf.

Aber wie war das möglich? Er hatte mir doch absolut glaubhaft versichert, dass er es nicht gewesen war und seit Tagen hatte ich deshalb doch auch ein schlechtes Gewissen gehabt. Und während ein kleiner Teil meines Hirns noch nach einer plausiblen Erklärung suchte, krampfte sich mein Magen zusammen und ich wusste, dass es diese gar nicht gab.

Mit Tränen in den Augen nahm ich die Anzeige gegen Unbekannt zurück und nannte stattdessen den Namen und die Anschrift von Olaf.

Wie genau ich an diesem Tag nach Hause kam, weiß ich nicht mehr, auch nicht, wann Richard gegangen war. Woran ich mich noch erinnere, waren die unzähligen Tränen, die ich vergoss. Tränen der Enttäuschung und der Wut. Ich war sauer. Besonders auf mich selbst, weil ich so blöd gewesen war.

Als alle Tränen geweint waren, fühlte ich mich schrecklich allein. Dieses Gefühl der Einsamkeit tat mehr weh, als der Fall aus meiner eigenen Illusion.

Ich wollte nur noch vergessen, wenigstens für einen Moment. Also schminkte ich die verräterischen Spuren des Heulens so gut es ging weg und machte mich auf den Weg zu der Bar am Ende der Straße.

Noch nie zuvor war ich hier gewesen und als ich die Tür öffnete, schwall mir eine dicke Zigarettenrauchwolke entgegen. Einige Tische waren besetzt. Ich schlängelte mich an ihnen vorbei und setzte mich an einen der hinteren Tische. Nach einem kurzen Blick in die Karte, bestellte ich mir einen Tequila Sunrise.

Okay, ich gebe zu, ich war so gut wie keinen Alkohol gewohnt. Daher war ich schon nach kurzer Zeit angetrunken. Zu meiner Verblüffung saß ich auch nicht lang alleine an meinem Tisch, denn schon nach kurzer Zeit gesellte sich ein äußerst charmanter Mann zu mir. Wir redeten über dies und jenes, tranken zusammen noch mehr Alkohol und lachten viel. Ohne viel darüber nachzudenken, nahm ich Andreas an diesem Abend mit zu mir nach Hause und wir liebten uns die ganze Nacht.

Die nächsten Tage vergingen, ohne dass sich Olaf meldete. Mir war klar, dass er wusste, dass ich ihn auf den Überwachungsbildern erkannt hatte.

Äußerlich tat ich völlig cool, aber in mir brodelte ein Vulkan, der jederzeit auszubrechen drohte. Am liebsten hätte ich ihn geteert und gefedert oder gesteinigt. Ich war furchtbar sauer, weil er mich belogen hatte und noch wütender machte es mich, dass er dabei zugesehen hatte, wie ich vor Schuldgefühlen fast umgekommen war.

Mich tagsüber abzulenken war dank meiner Arbeit gar kein Problem, aber die Abende waren sehr schlimm für mich. Ich hatte es schon als Kind gehasst allein zu sein, aber da hatte ich wenigstens Laureen. Jetzt war das was anderes. Ich konnte ja unmöglich meine schwangere Schwester mit meinen Problemchen belasten. Also versuchte ich meine Einsamkeit durch Zweisamkeit zu füllen. Oder mit anderen Worten: Ich schlief mit Männern, nur um nicht allein zu sein.

Ein paar Wochen nach Begutachtung der Überwachungsbilder war ich mit Laureen in der Stadt. Ihr Bäuchlein wuchs zusehends, sodass sie dringend neue Klamotten brauchte. Finanziell hatte ich mich noch nicht wieder von dem Betrug erholt, aber ich konnte ja wenigstens als Einkaufsberater fungieren. Wir schlenderten durch die Geschäfte und waren fröhlich. In einem der Läden war Laureen besonders lang mit der Anprobe von verschiedenen Kleidungsstücken beschäftigt. Immer wieder lugte sie durch den Vorhang und zeigte auf ein anderes Teil, das ihr gefiel und was sie unbedingt noch anprobieren wollte. Als ich mich gerade nach dem nächsten Objekt ihrer Begierde umdrehte und nach der richtigen Größe suchte, wurden mir von hinten die Augen zugehalten. Ich hielt kurz inne, aber da war dieser Geruch, der mich augenblicklich zusammenzucken ließ. Blitzschnell wandte ich mich aus diesem Griff und blickte in die schelmisch blitzenden Augen von Olaf. Ich erstarrte bei seinem Anblick. Er trat auf mich zu und küsste mich auf den Mund, dann zeigte er auf die Sachen in meiner Hand und meinte lachend, dass das doch gar nicht meine Größe sei. Mein Herz raste wie wild, genauso wie die Gedanken in meinem Kopf. Laureen trat aus der Umkleide, beschimpfte Olaf, wie er es wagen konnte, hier einfach so aufzutauchen.

Und wissen Sie, was er antwortete? „Was willst du Laureen? Feli und ich sind doch quitt. Ich habe ihr Geld genommen und sie hat mich angezeigt."

Ganz genau das waren seine Worte! Ich war so geschockt, dass ich noch immer nicht in der Lage war zu sprechen. Laureen war außer sich, sie nahm ihre Sachen und zog mich am Arm aus dem Geschäft raus. Das Chaos, das sie in der Umkleide hinterlassen hatte, war ihr total egal.

An diesem Abend übernachtete ich bei Laureen und Marc auf der Gästecouch. Als ich am nächsten Tag nach Hause kam, wartete Olaf schon vor meiner Tür. Er stand da, als ob nie etwas gewesen wäre. Sofort verfiel ich wieder in eine Art Schockzustand. Ich konnte nicht denken, sondern funktionierte nur irgendwie mechanisch. Anders kann ich es mir nicht erklären, dass ich ihn wieder in meine Wohnung, in mein Schlafzimmer und in mein Herz ließ.

Keiner in meinem Umfeld, insbesondere Laureen, konnte es verstehen, dass ich wieder mit Olaf zusammen war. Im Grunde genommen verstand ich es ja selbst nicht. Ich war ihm wieder total hörig. Das einzige, was ich nicht tat, war, die Anzeige gegen ihn zurückzuziehen, obwohl er es wollte.

Die nächste Trennung ließ allerdings nicht lange auf sich warten. Wieder fehlte mir Geld und diesmal waren auch einige persönliche Dinge auf mysteriöse Art und Weise aus meiner Wohnung verschwunden. Ich war es so leid, Olaf bei mir zu haben und noch viel mehr verabscheute ich seine ganzen Lügen. Doch ich konnte gar nicht sein ohne ihn.

Es war ein ständiges Hin und Her zwischen uns. Immer, wenn ich es gar nicht mehr aushielt, flüchtete ich mich in eine Trennung. Olaf war viel zu sehr von sich selbst überzeugt, sodass er gar nicht merkte, wie sehr er mir ständig wehtat, wenn er mich vor anderen runterputzte, oder wie schlimm es für mich war, mich wie seine persönliche Sklavin zu fühlen. Oder er wusste es und fand es toll, mich zu quälen. Wie auch immer. Was er aber definitiv wusste, war, was er tun oder sagen musste, damit ich ihn immer wieder zurücknahm.

Ich verzieh ihm so viel: Seine ständigen Diebstähle, seine Lügen, dass er mich schlecht behandelte (besonders, wenn er getrunken hatte), seine Aggressionen. Aber was ich ihm nicht verzeihen konnte, war, dass er mich betrog. Ständig vergnügte er sich mit anderen Frauen, wenn ich arbeiten war. Als ich seine Seitensprünge herausbekam, war seine aktuelle Flamme gerade mal sechzehn Jahre jung. Mein Gott, hatte denn dieser Mann gar keine Skrupel? Die Kleine war gerade mal halb so alt wie er! Sie war doch noch ein Kind! Dies war mein persönliches NoGo!

## 8.

Die nächsten Wochen waren die Hölle auf Erden für mich. Laufend bekam ich zu Hause Anrufe von Olaf. Mein Handy klingelte fast ohne Pause (und wenn es kein Anruf war, war es eine SMS) und sogar im Büro stand mein Telefon wegen ihm nicht still. Ständig tauchte er dort auf, wo ich war. Beispielsweise beim Einkaufen, im Kino, auf der Straße, bei Freunden. Er war einfach immer da, wo auch ich war und auch natürlich nicht gerade selten vor meiner Haustür. Je nach seinem Verfassungszustand war dann immer sein Auftreten. War er nüchtern, was eher selten der Fall war, war er lieb und nett, schwor mir die große Liebe und dass ihm alles sehr leidtäte. Wenn er aber getrunken hatte, schrie er rum, beleidigte mich mit Schimpfwörtern, die ich manchmal nicht mal kannte und bedrohte mich, sodass ich oft Angst hatte vor dem, was noch kommen würde.

Ich suchte automatisch die Straßen nach Olaf ab, wenn ich unterwegs war, und war heilfroh, wenn ich ihn nirgends sah. Trotzdem hatte ich oftmals das Gefühl, beobachtet zu werden und manchmal kam es mir sogar so vor, als ob jemand während meiner Abwesenheit in meiner Wohnung gewesen war. Ich tippte darauf, so langsam den Verstand zu verlieren und beschloss, ein neues Leben zu beginnen.

Meine Freizeit verbrachte ich jetzt wieder mehr mit Laureen. Komischerweise war Laureens Adresse die einzige, wo Olaf seit unserer Trennung nie aufgetaucht war. Hier fühlte ich mich sicher und ich konnte meiner Schwester helfen, das Babyzimmer einzurichten. Ihr Mann Marc war zu dieser Zeit beruflich viel unterwegs, sodass ich mir auch nicht wie ein Störenfried vorkam.

Es verging eine ganze Zeit, ohne dass Olaf sich meldete. Von Bekannten hatte ich erfahren, dass er in Haft war. Warum, wusste ich nicht, aber das war mir auch egal, endlich konnte ich wieder frei atmen. Und es war ein tolles Gefühl, wieder ohne Angst unterwegs zu sein. Mein Leben verlief wieder in geregelten Bahnen und gerade als ich dachte, alles sei wie früher, läutete mein Handy und kündigte eine SMS an. Als ich auf *lesen* klickte, stand da nur ein Wort: *„Hallihallohallöli"* Mehr nicht. Die Nummer kannte ich nicht, trotzdem machte mein Herz einen kleinen Sprung. Diese Nachricht konnte nur von einem sein – Thorben! Ich weiß nicht warum, aber ich wusste es einfach. Mit kalttauben Fingern tippte ich *„Oh, Du lebst auch noch!?"* in mein Handy und klickte auf *senden*. Ich wollte so cool wie möglich erscheinen, aber in mir stieg heiße Lava auf. Thorbens Antwort ließ nicht lang auf sich warten. *„So ist es meine Liebe! Ich erwarte dich um 20 Uhr bei Jonnys!"* Ich erinnere mich noch genau an meinen ersten Gedanken, als ich seine Nachricht las: Wieso sollte ich es ihm so leicht machen, soll er doch auch mal auf mich warten, dann weiß er auch mal, wie es ist. Unbewusst tippte ich meine Antwort und klickte auf *senden*. Erst danach las ich bewusst meine eingetippte Antwort: *„OK"* stand da. Mist! Wenn ich jetzt daran denke, verrolle ich die Augen, denn das war ja echt so typisch für mich.

Das erste, was ich tat, als sich mein Herzschlag einigermaßen beruhigt hatte, war Laureen anzurufen, um ihr diese Neuigkeit zu überbringen. Naja, gut, Laureen war nicht mal ansatzweise so begeistert wie ich und ich glaube, sie zweifelte auch so langsam wirklich an meinen Geisteszustand, aber ich freute mich wirklich auf Thorben. Vielleicht hatte er sich ja auch inzwischen geändert und nun würde alles endlich gut werden.

Ja, so naive Gedanken hegte ich...

Pünktlich zwanzig Uhr öffnete ich bei Jonnys die Tür. Für dieses Treffen hatte ich mich besonders sexy gekleidet. Eine hautenge Bluejeans, dazu ein schwarzes, ärmelloses Top mit tiefem Ausschnitt und natürlich High Heels. Ich sah wirklich verboten sexy aus.

Thorben stand von seinem Stuhl auf, als er mich erblickte und sah mich mit bewundernden Blicken von oben bis unten an. Ich wusste, dass ihm gefiel, was er da sah. Aber auch er sah zum Anbeißen aus, wie eh und je. Sein Haar war etwas kürzer als bei unserem letzten Treffen, aber das stand ihm wirklich ausgezeichnet. Ich begrüßte ihn mit einem Kuss auf die Wange und nahm dann ihm gegenüber auf dem freien Stuhl Platz.

Und da war sie wieder, diese Vertrautheit. Es war, als ob wir nie getrennt gewesen waren. Wir redeten, wir lachten, wir tranken Wein – es gab wieder ein "wir". Dieses Gefühl, endlich wieder ganz zu sein, war einfach unbeschreiblich.

Wie selbstverständlich kam Thorben mit zu mir nach Hause. Unsere Körper passten einfach so perfekt zueinander und es folgte eine stürmische und absolut leidenschaftliche Zeit. Es war das erste Mal in meinem Leben, dass ich mir vorstellen konnte zu heiraten. Ich wollte Kinder von Thorben. Von mir aus ein Dutzend oder mehr. Er war die Liebe meines Lebens. Das wusste ich nun. Es war einfach so wundervoll. Nie wieder wollte ich ohne ihn sein.

Mit der Zeit verzieh auch Laureen Thorben sein Verschwinden, weil sie begriff, dass er mich glücklich machte.

Dann an einem Abend, Thorben und ich kamen gerade von einer Party nach Hause, bekam ich den Anruf, auf den ich schon seit ein paar Tagen gewartet hatte: Bei Laureen hatten die Wehen eingesetzt. Marc war sehr aufgeregt am Telefon.

So schnell es möglich war, fuhr Thorben mich zum Krankenhaus. Mein Schwager wartete dort schon voller Ungeduld auf mich. Laureen hatte sich gewünscht, dass ich bei der Entbindung dabei sein sollte, genau wie natürlich Marc. Das machte mich sehr stolz. Ich schickte Thorben wieder nach Hause und eilte gemeinsam mit Marc hoch zur Entbindungsstation.

Was in den nächsten Stunden im Kreissaal geschah, beschreibe ich jetzt lieber nicht ausführlich. Es war auf jeden Fall furchtbar für mich, Laureen so leiden zu sehen und ihr doch nicht helfen zu können. Aber das Resultat konnte sich sehen lassen, denn um neun Uhr zweiundzwanzig brachte Laureen einen gesunden, wunderschönen Jungen zur Welt, dem sie den Namen Felix gab. Es war ein Wunder und als auch ich den kleinen Mann, mein Patenkind, in den Armen halten durfte, war das auch für mich so ein Augenblick, den ich niemals mehr vergessen werde.

## 9

Kennen Sie das Gefühl, sich im Himmel zu fühlen und es trotzdem nicht richtig genießen zu können, weil ständig die Angst da ist, unsanft zu stürzen? So ging es mir mit Thorben, denn jeden Tag hatte ich Panik, dass ich ihn nicht wiedersehen würde. Dabei gab er sich wirklich Mühe, mir zu beweisen, wie ernst es ihm diesmal war.

Wir fuhren sogar gemeinsam in den Urlaub. Zwei Wochen Rom, es war einfach traumhaft. Doch irgendetwas stimmte nicht, als wir wieder nach Hause kamen. Nicht zwischen Thorben und mir, da war alles noch viel intensiver geworden. Nein, ich hatte wieder das Gefühl, dass jemand Fremdes in meiner Wohnung gewesen war. Auf den ersten Blick war alles so, wie wir es hinterlassen hatten und doch stimmte etwas nicht. Nur konnte ich beim besten Willen nicht beschreiben, was es war und eigentlich konnte es ja auch gar nicht möglich sein, es hatte ja niemand einen Schlüssel außer Laureen und die hatte ich gefragt, ob sie da gewesen war.

Außer mit Thorben, Laureen und Marc redete ich damals mit niemanden über meinen Verfolgungswahn. Das letzte was ich gebrauchen konnte waren Leute, die sich entweder um mich sorgten oder mich vielleicht sogar für paranoid hielten. So verging also einige Zeit und ich versuchte so gut es ging, dieses Gefühl zu unterdrücken, ständig unter Beobachtung zu sein.

Und dann, es war an einem Montagmorgen, Thorben und ich hatten uns beide an diesem Tag freigenommen, wurde ich von einem Geräusch an meiner Wohnungstür geweckt. Es raschelte im Flur und ich hörte Schritte. Panik überkam mich. Ich stupste den neben mir schlafenden Thorben an und sagte ihm, dass da jemand in meiner Wohnung sei. Er schnellte sofort hoch und ging zur Tür. Ich hatte noch nie zuvor solche Angst empfunden. Nicht wegen mir, sondern ich sorgte mich um Thorben, dass ihm etwas geschehen könnte. Also folgte ich ihm.

Und da sah ich ihn in meinem Wohnzimmer! Er saß auf meiner Couch, vor meinem Fernseher und frühstückte meine Lebensmittel. Die ganze Zeit über hatte ich mir das ganze also wirklich nicht eingebildet. Es war wahrhaftig ständig jemand in meiner Wohnung gewesen. Ich konnte nicht anders, als Olaf ungläubig anzustarren. Als dieser uns erblickte, grinste er nur und bot uns Frühstück an.

Ich schwöre Ihnen, genau so war es!

Das Nächste, woran ich mich erinnere ist, dass ich völlig ausrastete. Ich schrie und tobte, drohte mit der Polizei.

Nach einer gefühlten Ewigkeit war Olaf endlich gegangen. Ich zitterte die ganze Zeit über und war so fassungslos über die ganzen Geschehnisse.

An diesem Nachmittag ging Thorben, um sich mit einem Freund zu treffen und blieb danach verschwunden. Natürlich war mein erster Gedanke, dass Olaf ihm etwas angetan haben könnte und machte nach zwei Tagen eine Vermisstenanzeige bei der Polizei, aber instinktiv wusste ich, dass mal wieder der Zeitpunkt gekommen war, an dem Thorben abgetaucht war.

Mein Bruder Frederic hatte mir am selben Abend, nach dem ungewollten Besuch von Olaf, ein neues Sicherheitsschloss in meine Wohnungstür eingebaut, sodass ich mich jetzt wenigstens wieder sicher zu Hause fühlte. Frederic war wirklich sehr süß zu mir gewesen, anders kann ich es nicht beschreiben, denn er erkundigte sich immer wieder bei mir, ob es mir wirklich gut ginge und wieso ich ihn nicht gleich zur Hilfe gerufen hatte.

An diesem Abend musste ich meiner Schwägerin Eileen, Frederics Frau, versprechen, meinen Bruder niemals zu rufen, wenn ich solche Probleme habe. Es wäre ja nicht fair von mir, die Liebe und Loyalität von Frederic für mich auszunutzen, zumal er wahrscheinlich Dinge für mich tun würde, ohne nachzudenken, welche Folgen sein Handeln dann für ihn haben würde. Das Letzte, was ich gewollt hätte, wäre gewesen, dass mein Bruder wegen mir Probleme bekommen könnte, also versprach ich es nicht nur Eileen, sondern meinte es aus tiefstem Herzen ernst.

Von nun an begann der Terror von neuem. Anrufen konnte mich Olaf zwar nicht mehr, denn mittlerweile hatte ich eine neue Handy- und Festnetznummer, aber er tauchte immer und überall auf, wo ich hinkam und nutzte obendrein noch jede Gelegenheit, mich bei meinen Freunden schlecht zu machen. Einige wendeten sich sogar von mir ab, aber auf diese verzichtete ich gerne. Denn wer braucht schon solche Freunde, die nicht zu einem hielten? Ich ganz sicher nicht! Bei einigen fiel es mir zwar schwer zu akzeptieren, dass sie so falsch waren, aber ich musste mich damit abfinden.

Ich versuchte fortan mein Leben so normal wie möglich zu führen und so kam es, dass ich an einem Abend mit einem befreundeten Pärchen aus war. Wir waren erst im Kino und danach Billard spielen. Ein sehr netter Abend, bis Olaf plötzlich auftauchte.

Schon als ich ihn erblickte wusste ich, dass er getrunken hatte und das bedeutete nie etwas Gutes. Zuerst saß er nur da und fixierte mich mit seinem Blick. Als ich ihn jedoch ignorierte, begann er mit seinen Beleidigungen. Er wurde immer lauter und seine Worte immer verletzender. Mir war das sehr peinlich. Am liebsten wäre ich im Erdboden versunken. Da dies ja nicht ging, verabschiedete ich mich von meinen Freunden und verließ die Spielhalle. Natürlich folgte Olaf mir, schrie mich an und schubste mich immer wieder. Es war schon recht spät und die Straßen waren menschenleer, daher schallten seine Rufe noch mehr durch die Nacht. Ein Auto hielt neben uns am Straßenrand an und die Insassen erkundigten sich, ob alles okay sei. Noch bevor ich antworten konnte, jagte Olaf sie davon und ich war wieder allein mit ihm. Meine Schritte wurden schneller, oder vielmehr versuchte ich nur schneller zu werden, denn meine Beine waren wie aus Gummi. Ich kam mir vor, wie in einem dieser Träume, in denen man versucht schnell wegzurennen und doch nur in Zeitlupe vorwärtskommt.

Dann vernahm ich eine Sirene und mehrere Polizisten sprangen aus einem Polizeibus. Sie schnappten sich Olaf, aber all das kam mir so unwirklich vor, sodass ich einfach weiterlief. Ich wollte doch einfach nur nach Hause. Ein Polizist stoppte mich und stellte mir Fragen, was passiert wäre und so weiter. Ich antwortete mechanisch und hatte das Gefühl jeden Moment umzukippen. Dann war da dieses Klirren von zerspringendem Glas und die wütenden Worte von Olaf, die wieder zu mir drangen. Die Panik stand mir sicher ins Gesicht geschrieben, denn der Polizist rief mir beim Weglaufen zu, ich solle auf jeden Fall stehen bleiben und warten, und dass ich keine Angst zu haben bräuchte. Mit diesen Worten ließ er mich allein in der Dunkelheit stehen.

Als er zurückkam, saß ich auf dem Boden und weinte. Ich konnte einfach nicht mehr, das alles war einfach viel zu viel für mich!

Der Polizist nahm weiter meine Aussage auf. Irgendwann nahm ich all meinen Mut zusammen und fragte, was da vorhin passiert sei. Er berichtete mir, dass sich der Verdächtige der Verhaftung widersetzt habe und beim Anlegen der Fußfesseln die Scheibe des Polizeiwagens eingetreten hätte, wobei ein Kollege verletzt wurde, aber nun sei alles wieder unter Kontrolle. Wieder begann ich zu weinen. Das konnte doch alles gar nicht wahr sein. Ein weiterer Polizist kam zu uns und erkundigte sich, ob alles okay wäre. Ich wischte meine Tränen fort und brachte meine Aussage zu Ende. Dann durfte ich endlich nach Hause gehen. Die Polizei bot mir zwar an, mich nach Hause zu begleiten, aber das wollte ich nicht.

Da Olaf die Nacht im Gefängnis verbrachte, hatte ich wenigstens ein paar Stunden meine Ruhe vor ihm. Trotzdem war an Schlaf nicht zu denken. Mir ging einfach viel zu viel in meinem Kopf rum.

Irgendwann in den Morgenstunden, es begann gerade hell zu werden, holte mich dann doch der Schlaf ein. Unsanft erwachte ich von stürmischen Klingeln an meiner Tür.

Das konnte nur Olaf sein! Er war also wieder entlassen worden.

Ich setzte mich in die hinterste Ecke in meinem Schlafzimmer zwischen Kleiderschrank und Wand, zog meine Beine an, hielt mir meine Ohren zu und begann mit geschlossenen Augen zu beten. Ich war und bin kein besonders gläubiger Mensch, aber ich wusste mir einfach keinen anderen Rat, ich kannte niemanden, der mir helfen konnte und ich hatte so viel Angst. Daher betete ich und bemerkte erst nach einer ganzen Weile, dass das Klingeln verstummt war. Vorsichtig kroch ich aus meinem Versteck. War das einfach so möglich, dass er verschwunden war? Ich konnte mein Glück kaum fassen. Ängstlich lugte ich hinter meiner Gardine aus meinem Fenster. Da sah ich ihn und bei ihm stand die Polizei. Sie redeten, dann ging der Polizist wieder. Olaf blieb gegenüber von meinem Haus sitzen.

Die nächste Woche verlief wie die am Anfang unserer Trennung: Ständig war Olaf dort, wo ich war. Nie war ich irgendwo alleine, aber so lange er nichts tat, übte er kein Verbrechen aus, also konnte ich nichts gegen ihn unternehmen.

Kurzentschlossen erkundigte ich mich bei meinem Chef, ob es okay sei, wenn ich spontan Urlaub nehmen würde. Ich hatte zwar noch kein Reiseziel, aber dringend einen Tapetenwechsel nötig. Dann begab ich mich ins Reisebüro und ließ mich von einer sehr netten älteren Frau beraten. Sie war wirklich ein echter Schatz und super geduldig mit mir. Ich erinnere mich noch sehr deutlich daran, wie ihre rundlichen Finger blitzschnell über die Tastatur ihres Computers klimperten und sie mir die verschiedenen Urlaubsziele unterbreitete. Doch ich war sehr unentschlossen, irgendwie klang ja alles toll, aber ich wollte etwas Besonderes, Sensationelles, Exklusives und Unvergessliches. Immerhin würde es mein erster Urlaub sein, den ich ganz allein antreten würde. Und dann meinte sie: „Wie wäre es denn eigentlich mit New York?"

Genau das war es, wonach ich gesucht hatte!

Also buchte ich die Reise bei ihr.

Dass ich, um meine Reisepläne zu verwirklichen, einen Kredit aufnehmen musste, war mir egal, denn ich war voller Hoffnung, dass mir dieser Urlaub die nötige Kraft bringen würde, um mein Leben wieder zu lieben.

Auf dem Nachhauseweg rief ich Laureen vom Handy aus an und erzählte ihr von meinen Reiseplänen. Sie war überrascht, freute sich aber für mich.

In zwei Wochen sollte es also losgehen. Ich war sehr aufgeregt, hatte ständig Angst etwas zu vergessen und dann kam der große Tag. Marc, Laureen und der kleine Felix brachten mich zum Flughafen. Laureen weinte fürchterlich und dieser Anblick brach mir fast das Herz. Ich versicherte ihr, dass ich bald wiederkommen und mich regelmäßig bei ihr melden werde. Dann stieg ich in meinen Flieger. Es war ein tolles Erlebnis zu sehen, wie die Häuser unter mir immer kleiner wurden, bis sie schließlich ganz unter dicken, weißen Wolken verschwanden. So völlig frei über den Wolken lehnte ich mich in meinen Sitz zurück und genoss das Gefühl, mich mal nicht beobachtet zu fühlen.

Die Flugzeit verging recht schnell und als das Flugzeug landete, rang ich erstmal um Atem. So etwas Gigantisches hatte ich noch nie gesehen!

Natürlich hatte ich mir New York groß vorgestellt, aber alles war nochmal größer. Wenn man vor einem Wolkenkratzer steht, kommt man sich so winzig vor, wie eine Ameise. Dieses Gefühl lässt sich nur schwer in Worte fassen.

Mein Hotel war direkt am Times Square, mitten drin im hektischen Leben von New York, aber absolut sensationell. In meinen zwei Urlaubswochen arbeitete ich die ganzen Highlights New Yorks ab und fiel jeden Abend todmüde in mein Bett. Als krönenden Abschluss gönnte ich mir eine Musicalaufführung am Broadway. Einfach genial und unvergesslich.

So begeistert ich von der Stadt auch war, leben wollte ich selbst für viel Geld dort nicht. Es ist von allem viel zu viel. Zu viele Häuser, zu viele Menschen, zu viele Autos und zu viel Shopping. Deshalb war ich auch froh, als ich wieder in meinem Flieger nach Hause saß. Ich war gestärkt und voller Tatendrang, ein neues Leben zu beginnen.

# 10.

Als erstes begann ich nach einer neuen Wohnung zu suchen. Ich machte Besichtigungstermine aus und schaute mir diverse Wohnungen an. Es war gar nicht so einfach etwas Geeignetes für mich zu finden, denn irgendwas war immer. Zu dunkel, zu klein, zu groß, zu teuer, zu nah und dann traf ich mich an einem Freitag, den dreizehnten mit einem Makler, der mir ein ganz neues, gerade erst frei-gewordenes Objekt zeigen wollte.

Schon von außen war das Haus ein echter Hingucker. Hinter einem kleinen weißen Gartenzaun erstreckte sich ein sattgrüner Streifen Rasen mit kleinen Buchsbaumbü-schen. Ein schmaler Weg schlängelte sich bis zum Haus hinauf. Dieses war ganz im viktorianischen Stil gebaut, mit einer Holzveranda rund ums Haus und mehreren Erker-fenstern und spitzen Giebeln. Hinter der Eingangstür er-streckte sich ein kleiner Flur mit einer Treppe in der Mitte.

Wir stiegen die Stufen hinauf ins Obergeschoß und dort fand ich sie also: Meine perfekte Wohnung! Es war Liebe auf den ersten Blick. Die Wohnung war hell und schön geschnitten. Und sie hatte sogar ein Zimmer mehr als meine jetzige Wohnung. Ich unterschrieb auf der Stelle den Mietvertrag, denn ich wollte auf gar keinen Fall riskie-ren, dass sie mir doch noch jemand wegschnappte, und machte mich dann vollkommen beflügelt auf den Weg zu Laureen, um ihr die sensationelle Neuigkeit zu übermit-teln. Diese fiel fast aus allen Wolken, denn ich hatte ihr nichts von meinen Umzugsplänen verraten, aber sie freu-te sich riesig für mich.

Als ich an diesem Abend meine Wohnung betrat, fühlte ich mich irgendwie befreit. Nun konnte nur noch alles besser werden. Da ich sowieso nichts Besseres zu tun hatte, begann ich schon mal ein paar Dinge in eine Kiste zu räumen. Ich war so fröhlich, wie schon lang nicht mehr und öffnete mit einem breiten Grinsen meine Wohnungstür, als es klingelte. Augenblicklich gefror mein Lachen, denn vor mir stand niemand anderes als Olaf. Was zum Teufel wollte der schon wieder hier? Mit meiner ganzen Kraft versuchte ich die Tür wieder zu schließen, aber ich hatte einfach keine Chance gegen ihn. Wie konnte ich nur so dumm gewesen sein und die Tür öffnen, ohne zu wissen, wer hinter ihr stand? Olaf betrat meine Wohnung und schloss die Tür geräuschvoll hinter sich. Dass er getrunken hatte, sah ich auf den ersten Blick und ich bekam riesige Angst, wie damals als Olaf auf Thorben traf. Nur diesmal hatte ich Angst um mich selbst. Alles in seinem Gesicht war voller Zorn. Ich griff zum Telefon und wollte die Polizei rufen. Doch noch bevor ich die Nummer wählen konnte, schlug er mir den Hörer aus der Hand. Ich schrie ihn an, er solle mich endlich in Ruhe lassen und verschwinden, aber natürlich tat er das nicht, sondern lachte mich nur aus. Dann schubste er mich, sodass ich mit voller Wucht an die Wand knallte. Das nächste, was ich spürte, waren seine Schläge. Dann schmeckte ich mein Blut in meinem Mund. Alles schmerzte.

Er tobte und wütete, zerschlug meine Möbel, machte alles kaputt, was er zu fassen bekam und steckte das ein, was er für wertvoll hielt. Ich muss das Bewusstsein verloren haben, denn als ich wieder zu mir kam, war Olaf verschwunden. Eine Weile blieb ich noch reglos auf dem Boden liegen, dann rappelte ich mich unter großen

Schmerzen auf und kroch zum Telefon, das noch immer auf dem Boden lag. Zum Glück funktionierte es noch. Als erstes rief ich Laureen an, danach die Polizei und blieb auf dem Boden liegen, bis diese eintraf.

Das Nächste, woran ich mich erinnern kann ist, dass ich im Krankenhausbett wach wurde. Um mich herum standen zwei Schwestern und ein Mann im weißen Kittel. Wie sich später herausstellte, war das mein behandelnder Arzt Dr. Storit. Verschwommen nahm ich auch drei Polizisten wahr und ich erblickte Laureen. Sie saß neben meinem Bett, hielt meine Hand und weinte. Es tat mir furchtbar leid, ich wollte nicht, dass meine Schwester wegen mir weinte. Ich drückte sanft ihre Hand und versuchte zu lächeln. Ein schrecklicher Schmerz schoss durch meinen Körper. Eine Krankenschwester beugte sich über mich. In meinen Ohren rauschte es nur, sodass ich kaum verstand, was sie mir sagte. Mit einem Schlag wurde ich schrecklich müde. Ich wollte meine Augen offenhalten, konnte es aber nicht. Dann fiel ich in einen tiefen Schlaf.

Am nächsten Tag ging es mir schon besser. Laureen war die ganze Zeit über bei mir gewesen und hatte meine Hand gehalten. Sie sah wirklich furchtbar aus. Ich sagte ihr, es täte mir leid. Sie schüttelte nur den Kopf und meinte unter Tränen, dass alles wieder gut werden würde. Dann machte ich meine Aussage bei dem anwesenden Polizisten.

Meine Erinnerungen waren sehr bruchstückhaft, aber meine Verletzungen und meine zerstörte Wohnung beschrieben das Geschehene in ihrer eigenen Sprache.

Nach knapp zwei Wochen wurde ich endlich aus dem Krankenhaus entlassen und zog erstmal zu Laureen und Marc. Marc war es, der darauf bestanden hatte, dass ich

66

zu ihnen kam und dafür war ich ihm unendlich dankbar. An einem Abend nahm ich meinen ganzen Mut zusammen und beichtete Marc von meinem anfänglichen Groll gegen ihn und von meiner gefühlten Eifersucht. Es war mir sehr peinlich, dass ich so gedacht und gefühlt hatte, denn er war doch absolut perfekt für Laureen und ein toller Vater für Felix. Erst jetzt bemerkte ich, was Marc mir wirklich bedeutete, dass ich ihn bewunderte und vor allem, dass ich wirklich froh war um Laureens Glück. Ich entschuldigte mich etliche Male bei ihm, denn es tat mir wirklich schrecklich leid. Marc saß da und lächelte, dann zog er mich in seine Arme und umarmte mich innig.

Dies war wieder ein solch perfekter Tag in meinem Leben, an den ich so gern zurückdenke.

## 11

Mein nächstes Ziel war nun, einen neuen Job zu finden. Ich schaute ständig die Stellenanzeigen durch, aber irgendwie war nie so wirklich etwas passendes für mich dabei.

Eine neue Arbeitsstelle war genau das, was ich in meinem zukünftigen neuen Leben brauchte, um mich wieder sicher fühlen zu können. Trotzdem beschloss ich, die ganze Sache erstmal ruhig angehen zu lassen. Und mir war es wichtig, zuerst mit meinem Chef Dr. Pitch über meine Pläne zu reden, weil ich es einfach fairer fand, ihn vorzuwarnen, dass er bald Ersatz für mich brauchte.

Dr. Pitch war ein sehr eleganter Mann, stets gut gekleidet, mit grauen Haaren und Lachfalten um den Augen. Seine Körpergröße war nicht sehr überragend, aber das machte er durchaus mit seinem Charme wieder wett. Als Anwalt war er einfach nur brillant und als Mensch sehr herzlich. Trotzdem hatte ich Angst vor seiner Reaktion.

Diese war völlig unbegründet, wie sich herausstellte, denn er verstand meine Beweggründe voll und ganz. Zwar meinte er, es falle ihm nicht leicht, seine beste Mitarbeiterin gehen zu lassen, aber er würde sich meinem persönlichen Glück niemals in den Weg stellen. Mit diesen Worten griff er zum Telefon, wählte eine Nummer und schickte mich während seines Telefonats aus seinem Büro mit der Bitte, ihm einen Kaffee zu holen.

Ich wartete, bis er seinen Anruf beendet hatte und brachte ihm dann den gewünschten Kaffee in sein Büro. Diesen stellte ich auf seinen Schreibtisch direkt neben das gerahmte Familienfoto. Auf dem Foto war Dr. Pitch mit seiner Frau zu sehen, wie sie gemeinsam mit ihren fünf Kindern und deren jeweiligen Partnern und den dreizehn Enkelkindern breit in die Kamera grinsten. Ich betrachtete immer gern dieses Bild, denn für mich strahlte es sehr viel Wärme, Liebe und Glück aus, sodass mir immer ganz warm ums Herz wurde, wenn ich es ansah. Als ich das Büro wieder verlassen wollte, bat mich Dr. Pitch noch einmal Platz zu nehmen.

Ich tat wie mir geheißen und blickte meinen Chef erwartungsvoll an. Mit einem zufriedenen Lächeln schob er mir einen Zettel zu. Verwundert nahm ich diesen entgegen und blickte meinen Boss fragend an. *Dr. Borro* stand da in der unverwechselbaren Handschrift meines Chefs und eine Telefonnummer. Dieser Name sagte mir überhaupt nichts. Selbstgefällig lehnte sich Dr. Pitch in seinem großen Ledersessel zurück. Geduldig wartete ich auf eine Erklärung, aber er sagte einfach nichts. Eine gefühlte Ewigkeit, die sicher nicht mehr als eine Minute dauerte, herrschte Stille im Raum. Da ich das Gefühl nicht loswurde, dass Dr. Pitch nicht als erster unser Schweigen brechen würde, weil er den Moment viel zu sehr auszukosten schien, fragte ich, was das zu bedeuten habe. Dr. Pitch lächelte weiter und meinte dann, dass Dr. Borro meinen Anruf erwarte.

Ich verstand immer noch nicht so recht. Wieso erwartete dieser Mann meinen Anruf? Mein Chef fand meine Unwissenheit glaube ich sehr amüsant, denn er begann schallend an zu lachen. Als er sich nach einiger Zeit beruhigt hatte, erklärte er sichtlich selbstzufrieden, dass Dr. Borro ein jahrelanger befreundeter Anwalt sei, der vor kurzem bei einem gemeinsamen Golfspiel erwähnt hatte, dass er eine neue, fähige Mitarbeiterin suche. Diesen hatte er soeben angerufen und mich ihm empfohlen und nun läge es an mir, ob ich den Job bekäme.

Ich war völlig perplex und traute meinen Ohren kaum. Am liebsten wäre ich damals meinem Chef um den Hals gefallen, hatte mich dann aber doch dagegen entschieden.

Dankend verließ ich sein Büro und als ich an meinem Schreibtisch saß, konnte ich mein Glück noch immer nicht fassen. Ein Blick auf die Uhr zeigte mir, dass es fünf nach zehn war und ich beschloss gleich anzurufen, um diese Chance direkt beim Schopfe zu packen. Ich nahm also das Telefon in die Hand und wählte die Nummer, die auf dem kleinen Zettel stand. Es läutete und nach dem dritten Klingeln meldete sich eine Frau mit einer piepsigen Stimme. Ich erklärte ihr mein Anliegen und wer ich war. Sie blätterte hörbar in ihrem Terminplaner und fragte mich dann, ob mir morgen um siebzehn Uhr genehm wäre. Da ich noch nichts für den nächsten Tag geplant hatte, sagte ich diesen Termin zu und schrieb mir die Adresse auf. Dann legte ich wieder auf. Erschöpft stützte ich meinen Kopf auf meine Arme und atmete laut aus. Ich konnte das ganze gar nicht glauben, dass das alles real war.

Ich war schrecklich aufgeregt.

Am nächsten Morgen wählte ich besonders sorgfältig meine Garderobe und packte sicherheitshalber noch eine Garnitur Ersatzkleidung in den Kofferraum meines Autos. Auf gar keinen Fall wollte ich das Risiko eingehen, mich eventuell zu bekleckern und dann mit Flecken zu dem Vorstellungsgespräch zu müssen.

Der Tag verlief ausgesprochen gut und ich betrat ohne auch nur einen Fleck pünktlich das Vorzimmer von Dr.

Borros Büro. Eine kleine rundliche Frau blickte mich über den Rand ihrer rahmenlosen Brille an, ohne ihren Kopf zu heben. So locker wie möglich stellte ich mich ihr vor und sie sagte mir, ich solle noch ein paar Minuten Platz nehmen, Dr. Borro hätte gleich Zeit für mich. Ich erkannte sogleich die Frau mit der piepsigen Stimme, mit der ich tags zuvor telefoniert hatte und diesen Termin ausgemacht hatte. Innerlich musste ich lächeln, was ich mir natürlich von ihr nicht ansehen lassen hatte, denn ich hatte sie mir ganz anders, vor allem jünger vorgestellt.

Die Zeit des Wartens war wirklich nervenzerreißend. Immer wieder überlegte ich mir Formulierungen und legte mir die passenden Worte im Kopf zurecht. Doch je mehr ich an das kommende Gespräch dachte, desto weniger fiel mir ein. Von Sekunde zu Sekunde wurde ich immer nervöser. Ich hörte meinen eigenen Herzschlag. In mir stieg Hitze auf, aber meine Finger waren eiskalt.

Und dann war es endlich soweit! Mit zitternden Knien folgte ich der rundlichen Frau, deren Namen ich mir nicht gemerkt habe, zu der Tür ihres Chefs. Sie klopfte, öffnete dann und schloss die Tür wieder, nachdem ich eingetreten war. Sie selbst blieb draußen.

Mein erster Gedanke, als ich Dr. Borro erblickte, war: WOW! Groß, volles dunkles Haar, einen schlanken durchtrainierten Körper. Der Typ Mann, auf den die Frauen fliegen und den die Männer hassen, weil er ihnen die Show stiehlt.

Ich stellte mich ihm vor und schon kamen wir wie selbstverständlich ins Gespräch. Alles war völlig locker und unkompliziert. Mal wieder hatte ich mir ganz unnötig Sorgen gemacht. Am Ende unseres Treffens hatte ich meinen neuen Arbeitsvertrag unterschrieben und war einfach überglücklich.

## 12.

Die nächsten Wochen konzentrierte ich mich voll und ganz auf den Umzug in meine neue Wohnung. Ich hatte meinen restlichen Urlaub dafür genommen und mit Hilfe meiner Geschwister verliefen sowohl die Renovierungsarbeiten, als auch der eigentliche Aus- und Einzug fast problemlos.

Dieses Gefühl des Zusammenhalts in dieser Zeit war einfach grandios. Es war irgendwie wie früher: Jeder meiner Geschwister half mir auf seine eigene Art und Weise. Frederic und Richard kamen beispielsweise jeden Tag nach Feierabend und malerten bis spät in die Nacht, sodass innerhalb kürzester Zeit meine neue Wohnung bezugsfertig war und später meine alte Wohnung ohne Beanstandungen wieder abgegeben werden konnte. Florian fuhr mit mir immer alle Materialien für Frederic und Richard besorgen und war quasi mein persönlicher Berater im großen Baumarktirrgarten. Von Caroline und Amelie ließ ich mich gern in Sachen Möbel beraten und Leonie nähte mir alle Gardinen für meine Fenster. Laureen und Marc halfen mir beim Einpacken meiner Habseligkeiten.

Nur Morten war nicht da, da er gerade mit seiner Band durch Europa tourte. Er hatte sich damals mehrfach bei mir entschuldigt und hatte sogar mit dem Gedanken gespielt, die Tournee für mich abzubrechen, um auch mithelfen zu können. Aber das wollte ich auf gar keinen Fall. Ich versicherte ihm, dass alles bestens lief und er sich nicht sorgen brauchte. Also einigten wir uns, dass er als "Wiedergutmachung" für mich und meine Gäste an meiner Einweihungsfeier ein paar Lieder spielen würde. Mit diesem Deal waren wir beide glücklich.

Auch wenn diese Zeit recht stressig war, kann ich doch sagen, sie war schön. Nicht nur, weil ich ruckzuck in meiner neuen Wohnung wohnte und somit mein neues Leben beginnen konnte. Nein, es war vielmehr das Zusammensein mit meinen Geschwistern, was diese Zeit für mich so unvergesslich gemacht hat.

# 13.

Ich kam mir vor wie im Traum. Endlich brauchte ich keine Angst mehr haben, wenn ich nach Hause kam. Ein ganz neues und absolut schönes Gefühl!

Da Olaf mal wieder im Gefängnis war, hatte er zu meinem großen Glück von meinem neuen Wohnort nichts mitbekommen. Und auch von meiner neuen Arbeitsstelle hatte er keine Ahnung.

Mir war klar, wenn ich weiterhin meine Ruhe vor ihm haben wollte, würde ich alles dafür tun müssen, damit dies auch so blieb. Also machte ich es zu meinem obersten Gesetz, alle Orte zu meiden, wo ich ihm durch Zufall begegnen könnte und ich reduzierte meinen Freundeskreis aufs minimalste. Nur eine erlesene Auswahl an Menschen sollte wissen, wo ich lebte.

Der letzte Gang durch mein altes Apartment war irgendwie nostalgisch. Ich sah die leeren Zimmer, die weißen kahlen Wände und spürte noch einmal das Glück, das ich einst empfunden hatte, als ich diese Räume das erste Mal betreten hatte. Alles war jetzt ruhig um mich herum und ich setzte mich auf die kalten Fliesen mitten im Wohnzimmer. Der Raum war durchströmt vom einfallenden Sonnenlicht und noch immer konnte man die Farbe riechen, mit der vor ein paar Tagen die Wände geweißt worden waren. Hier hatte ich so viel Leid erfahren müssen und doch gab es auch viele positive Erinnerungen.

Als ich an diesem Abend mein neues Zuhause betrat, fiel eine tonnenschwere Last von meinen Schultern. Ich sah mich in meinem Wohnzimmer um, nichts glich hier meinem alten Wohnzimmer. Hier lag beziehungsweise liegt noch immer vor meinem weißen, fast U-förmigen Ledersofa ein rubinroter, flauschiger Teppich und meine Schrankwand ist jetzt aus weißem Ahorn, so wie der kleine Couchtisch auch. Mein früheres Wohnzimmer war mit schwarzen Möbeln bestückt. Überhaupt waren die Wohnungen so unterschiedlich, wie sie nur sein konnten. Hier ist gepflegtes Parkett mit Fußbodenheizung statt kalte zerkratzte Bodenfliesen; die Küche ist groß, hell und geräumig, sodass sogar eine Essecke hier ihren Platz findet, statt klein und kompakt; im Badezimmer ist eine Badewanne und nicht nur eine Dusche. Aber nicht nur die Machart der Wohnung war beziehungsweise ist anders, sondern vor allem mein neuer Einrichtungsstil. Mein Wohnzimmer war nun nicht mehr dunkel und traurig, sondern hell und freundlich; meine alte Küche bestand aus unterschiedlichen, nicht zusammenpassenden Schrankelementen, nun ist hier eine hellblaue Einbauküche und eine dunkelblaue Essecke. Selbst mein Schlafzimmer hat von meinem neuen Bewusstsein profitiert und ist nun nicht mehr nur grau, sondern bordeaux–anthrazit. Das dritte Zimmer bekam weiß–violette Möbel und dient seither als Büro und Gästezimmer gleichermaßen.

Ich hatte mir meine Traumwohnung erschaffen. Alles war genauso, wie ich es mir schon immer erträumt hatte. Von Tag zu Tag wurde es immer wohnlicher, die wenigen Umzugskartons waren bald ausgepackt und eingeräumt.

Ich war zu Hause angekommen und bereit, mein neues Leben zu beginnen.

Knapp sechs Wochen nach meinem Umzug gab ich eine Party, um meinen Einzug würdig zu feiern. Alle meine Helfer hatte ich eingeladen und meine engsten Verwandten und Freunde waren natürlich auch da. Da es gerade zeitlich passte, feierte ich an diesem Tag mit Laureen zusammen auch unseren vierundzwanzigsten Geburtstag gleich mit. Morten hielt sein Versprechen und gab sogar mit seiner Band ein Exklusivkonzert für mich und meine Gäste. Es war ein tolles Fest. Auch meine Eltern waren da.

Von meiner Mutter bekam ich eine Palme geschenkt. Diese steht noch immer in meinem Wohnzimmer.

Als die Feier fast vorbei war, kam auch noch Jessica vorbei. Sie hatte es nicht früher geschafft, aber ich war überglücklich sie wiederzusehen. Unser letztes Treffen lag schon über ein Jahr zurück, sodass es mir völlig egal war, wie spät es war. Jessica hatte sich kaum verändert, sie war so hübsch wie eh und je. Nach und nach gingen alle Gäste, bis nur noch Jessica und ich übrig waren. Wir saßen auf dem Sofa und redeten die ganze Nacht, bis in die frühen Morgenstunden. Als sie dann gehen musste, schworen wir uns, nun wieder regelmäßig Kontakt zu haben.

Das war die Zeit in meinem Leben, in der alles perfekt war. Ich war glücklich in meiner neuen Wohnung; mir machte mein neuer Job wahnsinnig viel Spaß; ich liebte das Bewusstsein, Halt und Unterstützung von meiner Familie bekommen zu können, wenn ich sie brauchte, und ich hatte meine beste Freundin wieder. Ich hatte sozusagen alles zum Glücklich sein und wenn ich mich doch einmal zu einsam fühlte, ging ich aus und suchte mir Zweisamkeit. Allerdings nahm ich nie einen meiner Männerbekanntschaften mit zu mir nach Hause, denn ich wollte diesen Ort "rein" halten.

Das klingt vielleicht seltsam für Sie, aber ich hatte das Gefühl, die Sicherheit meiner neuen Wohnung nur aufrechterhalten zu können, wenn ich niemand Fremdes einließ und so jede negative Erfahrung draußen ließ.

In dieser Zeit traf ich auch wieder auf Thorben. Auch nach all den vielen verstrichenen Monaten fühlte ich mich weiterhin zu ihm hingezogen, aber es war durchaus keine Liebe mehr, wie ich nun erkannte. Vielmehr war es der verzweifelte Versuch doch noch Antworten zu bekommen. Die ich allerdings nie bekam.

Auch er durfte mein neues Zuhause nicht betreten, denn ich konnte den Gedanken einfach nicht ertragen, dass er womöglich wieder Besitz von mir und meinem Leben ergreifen könnte und mir zum Schluss doch wieder nur das Herz brechen würde.

Ich dachte wirklich, es täte weniger weh, wenn er nicht wüsste, wie ich lebte.

Wir gingen ein paar Mal miteinander aus, ich besuchte ihn in seiner Wohnung, wir schliefen miteinander und dann von einem Tag auf den anderen verschwand er wieder aus meinem Leben. Natürlich tat es auch diesmal weh, denn ich fühlte mich benutzt und verraten, denn er hatte mir wie schon so oft hoch und heilig geschworen, dass er sich geändert habe. Aber es war lang nicht so schlimm wie beim ersten Mal und was mir wirklich half, war, dass mich nichts in meiner Wohnung an ihn erinnerte.

Allerdings möchte ich der Fairness halber an dieser Stelle anbringen, dass Thorben mir in meinem Leben nicht nur Leid gebracht hatte, wie es womöglich rübergekommen sein könnte, sondern ich verdanke ihm wirklich einige sehr glückliche Momente, die ich auch nie missen möchte!

## 14.

Mit fünfundzwanzig lernte ich Taylor kennen. Er war ein Mandant unserer Anwaltskanzlei. Zugegeben nicht gerade profihaft von mir, mich auf einen Klienten einzulassen. Aber was soll ich sagen? Er hatte mir buchstäblich den Kopf mit seinen himmelblauen Augen verdreht. Ich hatte es wirklich nicht für möglich gehalten, noch einmal so zu fühlen, aber ich tat es.

Unsere Liebe würde ich als stürmisch und abenteuerlustig bezeichnen, denn wir taten so viele Dinge, die außergewöhnlich waren. Jedenfalls war es für mich über allen Maßen Neuland, denn bisher hatte ich ein doch recht konservatives Leben geführt. Wir reisten viel in fremde Länder und versuchten uns an den Bräuchen anderer Kulturen. Mit Taylor genoss ich meinen ersten Fallschirmsprung und er konnte mich sogar zum Bungeejumping überreden.

Unter uns gesagt: Das war eine Erfahrung, die ich nicht ein zweites Mal brauche!

Stets erlebte ich mit ihm etwas Neues. Egal was er vorschlug, machten wir auch, denn Taylor hatte eine Art, die es mir unmöglich machte, etwas nicht ihm zuliebe mitzumachen. So ließen wir uns beide einen chinesischen Drachen im Ying und Yang auf die linke Schulter tätowieren und ich bekam ein Piercing durch meine rechte Brustwarze. Auch sexuell brachte er mich dazu, viel auszuprobieren. Ich meine nicht nur diverse Stellungen, sondern natürlich auch an verschiedenen Orten und mit noch anderen zusammen. Zwischen uns ging es oftmals ganz schön wild zu. Ständig standen wir unter Strom.

Okay, am besten gebe ich an dieser Stelle gleich zu, dass ich auch Taylor total hörig war. Alles, was er wollte, tat ich für ihn oder wir taten es zusammen. Ich konnte einfach nicht *nein* zu ihm sagen. Aber anders als bei Olaf hatte ich keine Angst vor Taylor. Er war nie gewalttätig zu mir oder behandelte mich schlecht.

Taylor war auch der erste Mann außerhalb der Familie und engster Freunde, dem ich erlaubte, meine Wohnung zu betreten. Ich vertraute ihm einfach blind. Er bekam meinen Wohnungsschlüssel und wie selbstverständlich zog er bei mir ein. Zuerst war es nur seine Zahnbürste, die bei mir blieb, aber nach und nach brachte er immer mehr Kleidungsstücke mit zu mir und ich machte für ihn Platz in meinen Schränken. Das alles passierte einfach so, ohne Planung.

Nun gut, wie auch immer, ich schweife ab. Unsere Zeit war also sehr stürmisch, aber nur so lange bis ich erfuhr, dass ich schwanger war.

Taylor und ich waren damals knapp ein halbes Jahr zusammen. Wir hatten uns gerade verlobt und planten eine längere Erlebnisreise durch den Amazonas, als meine Periode ausblieb. Mir war sofort klar, dass da irgendwas nicht stimmen konnte, denn bisher kam sie wirklich immer pünktlich.

Taylor besorgte mir sogleich einen Schwangerschaftstest aus der Apotheke, nachdem ich ihn in meinen Verdacht eingeweiht hatte.

Das war auch einer dieser Momente im Leben, der unvergesslich bleiben wird, als wir beide wie gebannt auf das kleine Kästchen starrten, in dem innerhalb von ein paar Sekunden zwei blaue Streifen erschienen.

Ich konnte es gar nicht glauben und nachdem mir mein Gynäkologe bestätigt hatte, was mir der Test schon verraten hatte, machte ich zur Sicherheit erstmal noch einen Schwangerschaftstest, nur um sicher zu sein, dass ich immer noch schwanger war.

Zugegeben, zuerst war ich völlig geschockt, aber dann freute ich mich maßlos, besonders, weil auch Taylor total begeistert war. Von diesem Zeitpunkt an, tat er alles für mich. Meist musste ich nicht mal einen Wunsch aussprechen, schon erfüllte er ihn mir. Es war das Größte für uns beide zu sehen, wie das Baby sich entwickelte. Bei jeder Ultraschalluntersuchung war Taylor dabei.

Auch Laureen freute sich für unser Glück und reservierte sogleich alle Babysachen, die Felix nicht mehr passten, für unseren kleinen Schatz. Jessica überhäufte uns mit Babyspielzeug und war fast aufgeregter als ich. Ständig wollte sie alles über meinen "Zustand" wissen.

Alles war wunderschön und jeden Tag freuten wir uns mehr, Eltern zu werden, bis die ersten Probleme in der neunzehnten Schwangerschaftswoche auftraten. Ich bekam Wehen und musste von nun an das Krankenhausbett hüten. Meine heile Welt stand auf einmal Kopf. Über mir schwebten fortan Zweifel und Angst, obwohl ich wirklich versuchte, positiv zu denken.

Taylor besuchte mich jeden Tag. Meine Familie, besonders Laureen, war auch sehr besorgt um mich. Wenn sie nicht vorbeikommen konnten, riefen sie mich an, nur um sich zu erkundigen, wie es mir und dem Baby ging. Alle waren sie für mich da und unterstützten mich mental in dieser schweren Zeit. Auch Jessica. Sie war nicht nur für mich da, sondern begleitete Taylor bei seinen Einkäufen fürs Baby und stärkte ihn mit Worten, wenn er mal nicht weiterwusste. Ich war sehr froh zu wissen, dass Jessica Taylor unterstützte.

An einem Abend, Taylor war gerade bei mir im Krankenhaus, erzählte er mir mit leuchtenden Augen, welch schöne Kinderzimmermöbel er mit Jessica gesehen hatte. Diese würden ganz perfekt in das Haus passen, welches er sich mit Jessica vergangene Woche angesehen hatte. Jessica hier, Jessica da – mit einem Mal störte mich diese Vertrautheit zwischen den beiden. Ich war sichtlich sauer, aber Taylor lachte nur, meinte, meine Eifersucht wäre doch wirklich Blödsinn. Also schob ich es auf meine Hormone. Natürlich war das völlig absurd, so etwas überhaupt nur zu vermuten, Jessica war immerhin meine beste Freundin. Ich schämte mich sehr für meine Gedanken, konnte sie aber nicht einfach so abschütteln. Der Keim des Misstrauens war gesprossen und ließ von mir nicht ab, so sehr ich mich auch bemühte.

Ein paar Tage später sprach ich mit Laureen über meine Gedanken bezüglich Jessica und Taylor, und sie meinte, dass sie mich voll und ganz verstünde, dass ich so dachte und vor allem fühlte. Sie selbst hatte auch schon mit Marc darüber gesprochen, wie seltsam sie es fand, dass Taylor ständig von Jessica umgeben war. Ich war ihr, wie schon so oft, für ihre Loyalität und ihren Beistand unendlich dankbar und fühlte mich sogleich besser.

Bei den nächsten Besuchen von Taylor vermied ich allerdings das Thema Jessica ganz bewusst und auch er erzählte erstaunlicherweise nichts mehr von ihr. Dann an einem Tag sagte er wie aus dem Nichts, dass er es gerne hätte, dass Jessica Patin von unserem Baby werden würde. Ich war völlig vor den Kopf gestoßen, denn ich dachte es wäre klar, dass Laureen dieser Posten sicher war. Er merkte meine Verwirrung und meinte, dass ein Baby auch zwei Paten haben könnte. Damit war für ihn das Thema erledigt. Nur mir war nicht wohl bei der Sache, aber ich sagte nichts.

Als er gegangen war, rief ich sofort Laureen an und berichtete ihr unter Tränen von Taylors Patenschaftsplänen. Doch sie meinte nur, zum Glück dürfe sie ja trotzdem Patin werden und es wäre okay für sie, sich dieses Amt mit Jessica zu teilen. In diesem Moment fiel mir ein riesiger Klotz vom Herzen und im Stillen dankte ich Laureen für ihre unkomplizierte Art und Weise.

Mir ging es zu dieser Zeit sehr schlecht. Diese Ungewissheit, was mit meinem Baby los war, zog sosehr an meinem dünnen Nervenkostüm, sodass ich oftmals nicht wusste, wie ich das alles durchstehen sollte. Erschwerend kam hinzu, dass ich spürte, wie Taylor sich veränderte. Erst schob ich es auf meine Chaosgefühlswelt, aber bald wurde mir klar, dass da etwas war, was ich nicht zu benennen vermochte. Es war ein Gefühl des Wissens und es machte mir Angst, denn ich hatte keine Beweise. Also listete ich für mich alles auf, was meinen Verdacht unterstrich. Zum Beispiel, dass Taylor nicht mehr so lange bei mir blieb, wenn er mich besuchte oder dass er mich nicht mehr so richtig küsste oder sich nur noch selten erkundigte, was für Untersuchungen die Ärzte bei mir oder dem Baby gemacht hatten. Mir schien es auch oft so, als wäre er mit seinen Gedanken ganz woanders, denn wenn ich ihm etwas erzählte und dann nachfragte, konnte er sich oft nicht mehr an den Inhalt unseres Gesprächs erinnern.

Automatisch versuchte ich sein Verhalten zu rechtferti-
gen. Sicherlich war er mit seinen Gedanken nicht so recht
bei mir, weil er Stress in seiner Firma hatte oder vielleicht
war es auch die Besorgnis um mich und das Baby, was
ihm zu schaffen machte.

Doch irgendetwas stimmte nicht. Je mehr Erklärungen
ich für Taylors Auftreten fand, desto mehr Fragen taten
sich für mich auf. Warum zum Beispiel war in letzter Zeit
ständig sein Handy aus? Früher hatte er es immer Tag und
Nacht angelassen, besonders um für mich erreichbar zu
sein. Oder wie konnte er mir lila Orchideen mit ins Krankenhaus bringen und behaupten, es seien meine Lieb-
lingsblumen, wobei er doch genau wissen müsste, dass
ich allergisch auf sie reagiere? Es waren Jessicas Lieblings-
blumen und nicht meine! Plötzlich zog sich die schwarze
Wolke der Eifersucht wieder über mir zusammen. Ich
weinte bittere Tränen, wagte aber nicht, meine Gedanken
laut auszusprechen, aus Angst, sie könnten wirklich wahr
sein.

In dieser Nacht setzten die Wehen bei mir ein und ich
wurde mit heftigen Blutungen in den Operationssaal geschoben. Als ich Stunden später aus der Narkose erwachte, wusste ich erst gar nicht, wo ich mich befand. Verschwommen nahm ich das leise Piepsen des Herzmonitors
wahr, an dem sie mich angeschlossen hatten. In meinen
Venen steckten Kanülen und ich fühlte mich so schwach
und irgendwie ... Ich weiß nicht, wie ich es am besten in
Worte fassen soll. Ja, irgendwie leer. Es fehlte etwas und
als ich an mir heruntersah, wusste ich es. Mein Baby! Ich
schrie sofort nach einer Schwester, wurde völlig panisch.
Das konnte doch alles gar nicht wahr sein. Es war doch
noch viel zu früh. Minuten später, die mir wie eine Ewig-

keit vorkamen, trat ein Mann im weißen Kittel an mein Bett. Auf seinem Namensschild stand *Dr. Hope* und sogleich wurde ich ruhiger. Hope – Hoffnung, das konnte doch nur ein gutes Zeichen sein. Der Doktor überprüfte meine Akte, dann sah er mich an. Sein Gesicht war grau und gezeichnet von Müdigkeit. Sicher hatte er schon eine lange Schicht hinter sich oder seit Wochen nicht mehr richtig geschlafen oder beides. Wie auch immer, ich schaute ihn ängstlich an und traute mich nicht zu fragen. Als er zu sprechen begann, klang seine Stimme ganz rau. Er berichtete, dass meine Operation gut verlaufen sei und ich bald wieder fit sein werde. Ich konnte mich gar nicht konzentrieren, was er da sagte, denn im Grunde genommen war es mir doch total egal, was mit mir war. Warum erzählte er nichts von meinem Baby?

Mein Kopf brummte und ich wurde innerlich so wütend auf ihn, weil es ihn mehr zu interessieren schien, was mit mir war als mit meinem Baby. Daher unterbrach ich ihn unsanft. Ich glaube, ich habe ihn sogar angeschrien, er solle endlich aufhören von mir zu reden und mir lieber sagen, was mit meinem Kind sei.

Augenblicklich verstummte er und sein Gesichtsausdruck veränderte sich deutlich. Plötzlich sah er um Jahre älter aus. Müde rieb er sich die Augen und begann dann mit sanfter Stimme zu sprechen. „Was soll ich Ihnen sagen? Sie wissen ja selbst, dass die Niederkunft in der dreiundzwanzigsten Schwangerschaftswoche ein Risiko mit sich bringt. Es ist einfach zu früh, das Baby ist noch nicht voll ausgebildet. Im Moment tun die Ärzte ihr Bestes. Aber erst nach der Operation wird sich zeigen, ob es ihre Tochter schafft. Es tut mir wirklich leid, mehr kann ich Ihnen zu diesem Zeitpunkt auch nicht sagen, außer mich noch einmal wiederholen, dass meine Kollegen ihr Möglichstes für Ihre Tochter tun." Mit diesen Worten verließ er mein Krankenzimmer und ließ mich mit meinen Gedanken allein.

Mir schwirrten Gesprächsfetzen durch mein Hirn, aber ich konnte keinen klaren Gedanken fassen. Was hatte er da gesagt? Ich habe eine Tochter! Sie wird operiert, sie tun ihr Möglichstes. Sie lebt! Risiko? Zu früh? Aber sie lebt doch! Ich konnte nicht weinen, dabei brannten die Tränen so verzweifelt in meiner Brust.

Instinktiv griff ich nach meinem Handy. Ich wollte jetzt die Stimme hören, die mir sagen würde, dass alles gut werden würde. Doch wie in letzter Zeit so oft war Taylors Handy ausgeschaltet. Wie in Trance drückte ich die Schnellwahltaste *2* auf meinem Handy und gleich nach dem ersten Klingeln nahm Laureen den Hörer ihres Telefons ab. Ich konnte keinen Laut von mir geben, konnte ihr nicht sagen, was geschehen war. Trotzdem wusste Laureen sofort, dass etwas nicht stimmte. Alles was sie sagte war: „Ich bin gleich bei dir, Felicitas!". Und dann legte sie auf.

Erleichtert und erschöpft sank ich in meine Kissen zurück. Noch immer konnte ich nicht weinen. Alles kam mir so schrecklich unwirklich vor. Meine Gedanken schwirrten um meine Tochter: *Wie es ihr wohl geht? Wann darf ich sie endlich sehen?*

Wieder wählte ich Taylors Nummer und wieder ging nur die Mailbox an. Alles in mir sträubte sich, Taylor auf diesem Weg mitzuteilen, dass seine Tochter geboren worden war. Was sollte ich denn auch auf das Ding sprechen? Im Grunde wusste ich doch gar nichts über sie. War sie sehr klein? Hatte sie blondes Haar? Lebte sie noch? – Bei diesem Gedanken fing ich an zu weinen. Was war mit meinem kleinen Engel?

Gerade wollte ich nochmal Taylors Nummer wählen, als Dr. Hope wieder in mein Zimmer trat. Er hatte eine Akte in der Hand, in der er immer wieder blätterte und ab und zu etwas aufschrieb. Dann fragte er mich, ob ich schon einen Namen für meine Tochter wüsste. Bisher hatten Taylor und ich uns noch nicht einigen können, aber plötzlich fiel mir wie aus dem Nichts ein Internetartikel ein, den ich vor ein paar Tagen durch Zufall gelesen hatte. Dort wurde von einer Familie berichtet, die mit ihren zwei Kindern Ashia und Ben nach Amerika ausgewandert waren und wie sie dort ihr Leben meisterten. Der Namen *Ashia* hatte mir sehr gefallen, also hatte ich ihn und seine Bedeutung gegoogelt. *„Life und hope"* − *„Leben und Hoffnung"*. Wenn das nicht der perfekte Name für meine Tochter war! Ashia, so sollte meine Tochter heißen. Der Arzt nickte, notierte den Namen, den ich ihm buchstabierte und setzte zum Gehen an. An der Tür drehte er sich noch einmal zu mir um. Er schaute lange in mein verweintes Gesicht, was sicher voller Fragen war und sagte dann die schönsten Worte, die ich je gehört hatte. „Ihre Tochter ist jetzt auf der Intensivstation. Die Operation verlief gut. Ich denke, in ungefähr einer Stunde wird Sie eine der Schwestern zu ihr bringen, damit Sie Ihrem kleinen Schatz *Hallo* sagen können." Dann verließ er das Zimmer, ohne auf eine Reaktion von mir zu warten.

Erneut griff ich nach meinem Handy. Aber wie zu erwarten, war Taylor noch immer nicht erreichbar für mich. Wo war er nur?

Ein zartes Klopfen riss mich aus meinen Gedanken. Es war Laureen. Wie freute ich mich sie zu sehen! Sie kam auf mich zu mit einem kleinen Plüschtiger in der Hand und umarmte mich innig. Ich spürte ihren Atem in meinen Haaren, als sie mir leise „Herzlichen Glückwunsch" ins Ohr flüsterte. Augenblicklich brach ich in Tränen aus. Laureen nahm mich in die Arme und wiegte mich sanft. Ihr Shirt war tränendurchnässt, als ich sie anblickte und ihr von meinen letzten harten Stunden erzählte. Auch Laureen begann zu weinen.

Weinend hielten wir uns in den Armen, bis mich die Krankenschwester abholte, die mich zu meiner kleinen Tochter bringen sollte. Laureen lief neben dem Rollstuhl her. Keine von uns sagte ein Wort. Der Weg kam mir ewig lang vor, obwohl ich mich eigentlich kaum daran entsinnen kann. In meiner Erinnerung folgten wir endlosen Fluren und zigmal gingen Fahrstuhltüren auf und zu. Dann kamen wir endlich auf der Kinderstation an und hielten vor der Intensivstation. Die Schwester klingelte und als sich die große Schwingtür öffnete, schob sie mich hindurch in einen weiteren Flur. Dort gab sie mir einen grünen Kittel, eine grüne Haube und einen weißen Mundschutz. Sie half mir geduldig beim Einkleiden, zeigte mir, wo ich meine Hände desinfizieren musste und verließ dann wieder den Flur durch die große Schwingtür. Laureen musste draußen warten, also war ich ganz alleine. Und genauso fühlte ich mich auch.

Minuten später kam eine andere Krankenschwester, die nur zur Begrüßung nickte und mich dann in einen kleinen Raum schob. Das leise Piepsen vom Herzmonitor schallte durch das Zimmer und man hörte, wie die Lungenmaschine in regelmäßigen Abständen Sauerstoff pumpte. Und dann sah ich sie: Meinen kleinen Engel. Kaum größer als meine Hand und doch auf den ersten Blick war alles dran.

Ich saß vor dem Brutkasten und zählte zehn Mini–Finger und zehn Mini–Zehen. Ich sah das zarte Näschen und das winzige Ohr. Die Windel, die sie trug, war viel zu riesig für ihren zarten Körper und trotz der vielen Kabel und Schläuche war sie so ein schönes Baby.

Tränen rollten über mein Gesicht. Ich fühlte mich unendlich schwach und hilflos, meine kleine Ashia so zu sehen.

Ein Arzt betrat leise das Zimmer meiner Tochter und stellte sich hinter mich. Ich spürte seinen Arm auf meiner Schulter und wagte kaum zu atmen. Mit sanfter Stimme begann er mir zu erklären, dass die Operation am Herz meiner Tochter gut verlaufen sei. Allerdings könnte er zu diesem Zeitpunkt noch nichts genaues sagen und erst die nächsten Tage würden zeigen, ob sie es überstehen würde. Und dann war da natürlich noch die Frage der möglichen Schädigung, weil noch nicht alle Organe komplett entwickelt waren. Die Lunge beispielsweise und auch neurologisch gesehen, könnte zu diesem Zeitpunkt noch keine Aussage über die Gehirnentwicklung und etwaige Störungen getroffen werden.

Der Arzt blickte mich voller Mitgefühl an und ging dann aus dem Zimmer. Nachdem die Tür hinter ihm ins Schloss gefallen war, begann ich heftig zu schluchzen und die ganze Welt kam mir furchtbar ungerecht vor.

Später, als ich die Kinderintensivstation wieder verließ, wartete Laureen noch immer vor der Tür auf mich. Ihr Gesicht war aschgrau und ihre Augen waren rot vom Weinen. Sie sah so erschöpft aus wie ich mich fühlte. Obwohl ich wirklich bezweifle, dass ich in diesem Moment besser als sie aussah.

Auf dem Weg zur Frauenstation redete wieder keine von uns ein Wort. In meinen Gedanken war ich bei meiner kleinen Tochter und Laureen tat es mir sicher gleich.

Im Zimmer angekommen wählte ich erneut Taylors Nummer, aber wieder erreichte ich nur seine Mailbox. Diesmal hinterließ ich eine kurze Nachricht mit der Bitte, sich so bald wie möglich bei mir zu melden, denn ich war es leid, ständig nur die Computerstimme der Mailbox zu vernehmen. Dann erzählte ich Laureen von meiner kleinen Ashia, von den vielen Schläuchen und auch von dem Gespräch mit dem Arzt.

Am späten Nachmittag kam eine Krankenschwester zu mir ins Zimmer und übergab mir mit einem traurigen Lächeln ein Polaroid–Bild, auf dem meine Tochter zu sehen war. Sie meinte, damit ich wenigstens so mein Baby immer ansehen könne. Ich war ihr sehr dankbar!

Meine Hände zitterten, als ich es entgegennahm. So wie jetzt auch, als ich die Konturen meines Kindes auf dem gerahmten Foto nachfahre.

15.

Am nächsten Morgen wurde ich von einer fernen Melodie geweckt.

Der gestrige Tag war einfach zu viel für mich gewesen, sodass mir am Abend, nachdem Laureen von Marc abgeholt worden war, der Arzt ein Beruhigungsmittel gespritzt hatte.

Ich war noch wie benebelt und nur langsam wurde mir klar, dass die Melodie der Klingelton meines Handys war. Mit zittriger Stimme meldete ich mich. Es war Taylor. Er klang weit weg und nur allmählich kam meine Erinnerung an den gestrigen Tag zurück. Wo war Taylor gewesen und wieso meldete er sich erst jetzt?

Meine Gedanken überschlugen sich. Ich vernahm zwar seine Stimme, verstand aber nicht ein Wort, was er da sagte.

Einen Moment ließ ich ihn noch reden, sammelte dann meine ganzen Kräfte und presste durch meine Lippen die Worte, die so tief in meiner Brust brannten. „Wo warst du?"

Augenblicklich herrschte Ruhe. Dann vernahm ich ein Räuspern von Taylor. So langsam wurde ich unruhig. Was hatte das alles nur zu bedeuten?

Seine Stimme klang völlig ruhig, als er zu mir sprach. Es kam keine Entschuldigung, sondern nur, dass er sein Handy bei Jessica vergessen hatte und die zwei gestern wohl auf einem Rockkonzert gewesen waren und danach noch feiern. Er hatte mal einen Tag für sich gebraucht und ich sollte ihm deswegen bloß keine Szene machen.

Mein Hirn klinkte sich völlig bei seinen Worten aus und wieder hörte ich nur dieses *bla bla bla*. Hatte er denn nicht jeden Tag für sich? Irgendwie kam ich mir vor wie in einem Film, in dem ich die Hauptrolle spielte und trotzdem nur von außen das Ganze beobachtete. Ich vernahm meine eigenen Worte, ohne sie real zu spüren. „Oh natürlich, du brauchtest einen Tag für dich. Bitte verzeih! Wie konnte ich nur so dumm sein? Eigentlich wollte ich dir gestern auch nur die Kleinigkeit mitteilen, dass du Vater einer Tochter geworden bist." Dann legte ich auf.

Seit wann sprach ich so ironisch? Ich war völlig kraftlos und alles war so unwirklich: Das Krankenzimmer, der Gedanke an meine Tochter, das Telefonat eben mit Taylor. Das alles konnte doch nicht echt sein.

Ich kämpfte gegen diese fiesen Tränen, die in meinen Augen brannten. Nein, ich wollte mir auf gar keinen Fall an diesem Morgen Gedanken über Taylor machen. Meine ganze Energie brauchte ich für meine kleine Ashia. Also ignorierte ich das erneute Klingeln meines Handys und rief stattdessen entschlossen nach der Stationsschwester und ließ mich dann zu meiner Tochter bringen.

Ich saß vor ihrem Brutkasten und sah sie an. Der Herzmonitor piepste leise und die Lungenmaschine pumpte in regelmäßigen Abständen den Sauerstoff in die winzige Lunge. Das war mein Baby und ich spürte die Liebe, die mich durchströmte. Ich war glücklich, meine Kleine zu sehen und hatte gleichzeitig so viel Angst. Ich fürchtete die nächsten Tage, das, was eventuell noch kommen würde.

Den ganzen Vormittag verbrachte ich damit, meine Kleine zu beobachten. Nicht das winzigste Detail wollte ich verpassen. Ich sah den blonden Flaum auf ihrem kleinen

Köpfchen und stellte mir vor, wie es wohl wäre, ihn zu berühren. Jede auch noch so kleine Regung sog ich in mich auf, wie ein Schwamm. Jede Bewegung der winzigen Hand, jeder Zeig mit dem Finger — nichts wollte ich verpassen und ich wollte es nie wieder vergessen.

Gegen Mittag wurde ich wieder auf mein Zimmer gebracht. Als ich dort ankam, wartete Taylor schon voller Erwartungen auf mich. Man sah ihm deutlich seine Nervosität an. Erschöpft legte ich mich ins Bett, nicht fähig irgendetwas zu sagen.

Was ich Taylor wirklich in diesem Moment hoch anrechnete, war, dass er mich nicht unter Druck setzte. Obwohl man förmlich die Fragen über seinem Kopf schweben sah, wartete er doch geduldig ab.

Meine Energie war fast auf null gesunken. Wortlos zeigte ich ihm das Foto von Ashia. Ich konnte sofort erkennen, dass ihn der Anblick der Schläuche schockierte, war aber noch immer zu keinem Wort fähig. Was hätte ich denn auch schon sagen sollen? Für manches gibt es einfach keine Worte.

Taylor zog mich in seine Arme. Ich spürte seine Tränen an meinem Hals. Minutenlang saßen wir still weinend eng umschlungen einfach nur da, jeder in seinen eigenen Gedanken versunken.


Die nächsten Tage habe ich nur noch verschwommen in Erinnerung. Es trat eine Art Routine ein. Ich war so oft wie es mir erlaubt wurde an dem Krankenbett meiner Tochter; lächelte, wie es von mir erwartet wurde, wenn mich jemand besuchte und weinte mich jeden Abend kraftlos in den Schlaf, nur um am nächsten Morgen irgendwie wieder zu funktionieren.

Das Krankenhaus war mein neues Zuhause geworden. Ich konnte es nicht verlassen, weil ich immer in der Nähe meines Kindes sein wollte.

Die Zeit verging und noch immer konnte mir kein Arzt eine Antwort auf meine Fragen geben. Ich fühlte mich oft allein und schwelgte geradezu in Selbstmitleid. Jeden Tag tat ich mir ein wenig mehr leid und das machte mich sehr wütend auf mich selbst, denn ich brauchte doch meine Energie für meine Tochter und nicht für mich.

Und dann kam der Tag, den ich mehr als alles andere gefürchtet hatte…

Es war nachts. Ich wachte völlig panisch aus einem schlimmen Traum auf. Instinktiv wusste ich, dass etwas mit meiner Ashia nicht stimmte. Wie in einer Art Dämmerzustand wandelte ich zur Kinderstation. Das Zimmer meiner Tochter war hellerleuchtet und um ihr Bett standen aufgeregt wirkende Ärzte und Krankenschwestern. Ich stand reglos in der Tür, während alle hektisch um mich herum wuselten. Einen Moment später bemerkte mich eine Schwester. Sie stupste einen Arzt an, zeigte in meine Richtung und flüsterte ihm etwas zu. Dann kam der Arzt mit gesenktem Kopf auf mich zu. Meine Augen füllten sich augenblicklich mit Tränen, in meinen Ohren rauschte es. Ich spürte die Übelkeit und mir wurde schwarz vor Augen.

Als ich wieder zu mir kam, lag ich in meinem Krankenbett. Der Herzmonitor piepste leise und in meiner Vene steckte ein Tropf mit einem Beruhigungsmittel. Ein Arzt trat auf mich zu. Er wirkte sehr erschöpft und verletzlich.

Drei Wochen nach der Geburt meiner Tochter hörte ihr kleines Herz einfach so auf zu schlagen.

## 16

Ich konnte nicht begreifen, was in der Nacht passiert war. Ich war wie in Trance, alles wirkte nur noch unwirklich auf mich.

Nach der Visite packte ich gegen den Rat der Ärzte meine Tasche. Nichts und niemand hielt mich jetzt noch hier. Ich wollte nur noch nach Hause.

Als ich aus dem Krankenhaus trat, nieselte ein feiner Regen auf mich herab. Aber ich spürte ihn kaum. Ich lief die Straßen entlang und nahm alles um mich herum nicht wahr. Mein Kopf war leer, ich konnte nicht denken, dabei wollte ich doch begreifen, was da passiert war.

Meine Füße liefen wie automatisch über den Asphalt und als ich vor meinem Haus ankam, war ich durchnässt bis auf meine Unterwäsche. Ich stieg die Treppen zu meiner Wohnung hinauf, öffnete die Tür und nachdem sie wieder leise hinter mir ins Schloss gefallen war, ließ ich mich auf den Boden sinken. Ich schlang meine Arme um meine Knie und senkte den Kopf. Minutenlang saß ich einfach so da, unfähig mich zu rühren.

Und dann ging alles ganz schnell.

Ich hörte ein Geräusch und urplötzlich kam ich in die Realität zurück. Mit zitternden Knien stand ich auf und taumelte mit wild klopfenden Herz in Richtung Schlafzimmer.

Ich blieb im Türrahmen stehen und traute meinen Augen nicht.

„Raus!", war das Einzige, was ich über meine Lippen brachte, bevor meine Stimme versagte.

Erschrocken blickten mich Taylor und Jessica an. Dann kletterte Jessica hastig von Taylors Schoß und versuchte mit ihren Händen ihre Nacktheit zu verbergen. Sie wirkte wie ein verängstigtes Reh. Fast hätte sie mir leidgetan. Aber ich konnte einfach nicht denken, in meinem Kopf drehte sich alles und meine Gedanken überschlugen sich. Ich wusste nicht, was ich in diesem Moment als schlimmer empfand: Die beiden erwischt zu haben oder, dass das Ganze in MEINEM Bett geschehen war.

Taylor baute sich vor mir auf und wollte wissen, was ich hier machte, warum ich nicht bei dem Baby sei.

Das war der Zeitpunkt, an dem ich mich völlig vergaß. Ich brüllte ihn an, dass das hier meine Wohnung war und er sich endlich mit dieser Schlampe verpissen sollte.

Ich kochte so sehr vor Wut, sodass ich nur schwer an mich halten konnte, nicht wild auf ihn einzuschlagen.

Verzweifelt kämpfte ich mit diesen fiesen verräterischen Tränen, die in mir aufstiegen. Auf gar keinen Fall wollte ich jetzt vor den beiden weinen. Also schubste ich Taylor ein kleines Stück zur Seite und schlängelte mich wutentbrannt zwischen ihm und meinem Bett durch, direkt auf Jessica zu.

Wie gerne hätte ich ihr in diesem Moment die Haare ausgerissen oder ihr die Augen zerkratzt. Aber ich riss mich zusammen und öffnete stattdessen mein Schlafzimmerfenster. Dann nahm ich die Klamotten von Jessica und Taylor, die noch auf dem Boden verstreut lagen, und warf sie im hohen Bogen hinaus in den Vorgarten. Ich schaute den schwebenden Sachen nach, wie sie im Beet landeten. Einige allerdings erreichten den Boden nicht, sondern verfingen sich in dem Fliederbäumchen, das fast direkt unter meinem Fenster wuchs. Die entsetzten Blicke der beiden gaben mir etwas Genugtuung, aber ich konnte ihren Anblick einfach nicht mehr ertragen. Wieder schrie ich, sie sollen endlich abhauen. Das Taylor irgendetwas zu mir sprach, drang nicht bis zu mir durch.

Irgendwann waren sie gegangen. Wann und wie weiß ich nicht mehr.

Ich fühlte mich erschöpft und ausgepowert. Das musste alles ein schrecklicher Traum sein. Ich kniff mich mehrfach, aber ich erwachte nicht.

Da war ein tiefes schwarzes Loch und ich fiel förmlich hinein.

Langsam ließ ich mich auf den Boden nieder und als ich versuchte, die letzten Stunden in meinem Gedächtnis wieder Revue passieren zu lassen, wurde mir plötzlich erschreckend klar, dass ich drei der wichtigsten Menschen in meinem Leben nun für immer verloren hatte. Der Schmerz des Verlustes wurde augenblicklich so groß, dass sich mein Herz zusammenzog und ich am liebsten gestorben wäre.

## 17

Wenn ich Ihnen jetzt mitteile, dass die nächsten Wochen für mich die Hölle auf Erden waren, können Sie davon ausgehen, dass dies die Untertreibung aller Zeiten ist.

Das Leben ging natürlich weiter, auch für mich, aber ich hatte den Sinn meines Lebens aus den Augen verloren.

Wieder waren es Laureen und Marc, die bedingungslos rund um die Uhr für mich da waren, denn ich war so in meiner Trauer gefangen, dass ich nichts zu tun im Stande war. Ich kam morgens nicht aus meinem Bett, konnte nicht essen, war nicht in der Lage mich zu waschen, meine Wohnung zu putzen oder einfach nur meinen Alltag zu bewältigen. Alles kam mir einfach nur sinnlos vor.

Das Schwerste in dieser Zeit – und überhaupt in meinem ganzen Leben – war für mich, als ich mit dem Bestatter über die Beisetzung meiner Tochter sprechen musste, einen Sarg für sie wählen und die Rede verfassen sollte. Mir war es nicht möglich, meine Trauer und meinen Verlust in Worte zu fassen und meiner Liebe zu meiner Tochter auf diesem Weg gerecht zu werden. Keine Mutter – oder auch Vater – sollte sein Kind beerdigen müssen.

Mit Taylor sprach ich in dieser Zeit nicht ein einziges Wort. Ich ignorierte seine Anrufe und zerriss seine Briefe ungelesen. Keine einzige Lüge wollte ich von ihm hören.

Drei Tage vor der Beerdigung wurde meine Tochter in der Leichenhalle des Friedhofs aufgebahrt. Ich hatte einen weißen, schlichten Sarg gewählt, der mit rotem, weichem Stoff ausgelegt war. Wie friedlich sie aussah. Es war das erste Mal, dass ich meine Tochter ohne Schläuche und

Monitore sah. Diesen Anblick fand ich etwas tröstlich, denn ich wusste tief in meinem Inneren, dass sie es nun besser hatte. Ich weinte an ihrem Sarg und vermisste sie so sehr. Schmerzlich wurde mir in diesem Moment bewusst, dass ich niemals meine kleine Ashia in meinen Armen halten kann.

Irgendwann wischte ich meine Tränen weg und griff nach dem schwarzen Stift, der neben dem offenen Sarg lag. Dann malte ich ein Herz auf das weiße Holz des Sarges und schrieb in dieses: *Ich werde dich immer lieben! Mama*

Bis zum Tag der Beisetzung war der ganze Sarg geziert von Unterschriften. Jeder, der da gewesen war, hatte sich auf ihm verewigt, um meiner kleinen Tochter zu gedenken. Unter meinem Tränenschleier erkannte ich die Schrift von Laureen und Marc. Ich entdeckte die Namen meiner Eltern und meiner Geschwister. Und unter all diesen auch Taylors. Wann war er wohl da gewesen?

Ein Rascheln riss mich aus meinen Gedanken. Taylor nahm neben mir Platz und nickte mir traurig zu. Ich konnte seinen Blick nicht erwidern. Nein, ich wollte nicht an ihn oder Jessica denken. Ich brauchte meine Kräfte, um diesen schweren Tag durchzustehen.

Während der Trauerrede musste ich unweigerlich an die Beerdigung meiner Großmutter denken. Damals war es schon schlimm gewesen, aber dies hier übertraf alles. Es wurde ein Teil von mir mit zu Grabe getragen.

Die Worte des Priesters trafen direkt in mein Herz. Wie liebevoll er von meiner kleinen Ashia redete. Als der winzige Sarg mit dem kleinen Blumengesteck aus roten und weißen Rosen in die Erde hinabgelassen wurde, öffnete sich der graue Wolkenschleier über unseren Köpfen und es glitzerten zaghafte Sonnenstrahlen über die Gräber. Ich konnte kaum atmen und fühlte mich der Ohnmacht nahe. Am liebsten hätte ich geschrien oder auf jemanden einge- schlagen. Aber ich war unfähig, überhaupt irgendetwas zu tun, also stand ich einfach nur weinend da und fühlte mich so unendlich allein.

Später, während der Trauerfeier, trat Taylor auf mich zu. Sein Anblick machte mich sehr traurig. Die leuchtende Lebensfreude war aus seinen Augen verschwunden und stattdessen war nur noch Schmerz und Qual zu sehen.

Instinktiv nahm ich ihn in meine Arme, spürte seine Wärme und sein Leid. Für diesen einen kurzen Moment waren Taylor und ich uns noch ein letztes Mal ganz nah.

## 18.

Die nächsten Monate lebte ich nicht, sondern existierte nur irgendwie. Der Verlust meiner kleinen Tochter schmerzte so sehr und wenn ich mich nicht unentwegt beschäftigte, drehten sich meine Gedanken im Kopf so lange, bis ich fast anfing durchzudrehen. So stürzte ich mich voll und ganz in meine Arbeit und weil mir der Job in der Kanzlei nicht genug Ablenkung brachte, suchte ich mir noch zwei Nebenjobs: Früh morgens putzte ich in einer Zahnarztpraxis und abends bediente ich in einer Bar. Oftmals kam ich erst so spät nach Hause, sodass ich vor Erschöpfung direkt einschlief. Auch an den Wochenenden arbeitete ich. Meist zwei oder drei Schichten hintereinander. Ich wollte einfach nicht zur Ruhe kommen, denn ich hatte Angst davor, was dann kommen würde.

In dieser Zeit lernte ich das Handwerk der Schauspielerei, denn ich ließ niemanden mein wahres Befinden erkennen. Nach außen gab ich mich wie eh und je, aber innerlich war ich ein Wrack. Meine Seele war zerstört und mein Herz entzweit, aber ich ließ mir nichts anmerken. Fragte mich jemand, wie es mir geht, antwortete ich stets: „Es muss ja!" Mit dieser Antwort gab sich jeder zufrieden und ich hatte meine Ruhe. Nur Laureen konnte ich nichts vormachen. Sie fühlte immer, was ich fühlte und bei ihr hatte ich nie das Bedürfnis, mich verstellen zu müssen.

Laureen und Marc wollten immer für mich da sein. Ich wusste, ein Anruf von mir würde genügen und sie wären bei mir gewesen, aber ich konnte ihre Hilfe nicht annehmen. Es schmerzte mich viel zu sehr, die beiden mit dem kleinen Felix zu sehen.

Bitte verstehen Sie mich jetzt nicht falsch! Ich gönnte und gönne Laureen und Marc ihr Familienglück und auch Felix liebte und liebe ich abgöttisch, aber es tat mir einfach schrecklich weh. Daher kam die Ausrede, immerzu arbeiten zu müssen, mir mehr als gelegen.

Meine Wochenendschichten arbeitete ich meistens mit Jonathan zusammen. Ein drahtiges, kleines Kerlchen, der gerade dabei war, sich selbst zu finden. Er war blutjunge zwanzig Jahre und schon meine erste Begegnung mit ihm hatte mich wissen lassen, dass Jonathan vom anderen Ufer stammte. Ich meine, das war wirklich deutlich: Seine Sprache, seine Mimik, sein ganzes Auftreten – er konnte quasi mit der flachen Hand seine Hemden bügeln. Ich mochte Jonathan auf Anhieb und konnte daher beim besten Willen anfangs nicht verstehen, wieso er krampfhaft versuchte, jemand zu sein, der er ganz offensichtlich nicht war und sich nicht dazu bekannte, dass er Männer toll fand. Später bekam ich eine Antwort auf meine Frage, als ich Jonathans Eltern kennenlernte. Sie waren überaus dominant und strahlten eine Kälte aus, die einem das Blut in den Adern gefrieren ließ.

Jonathan tat mir leid und ich sah es als meine Pflicht, ihm als Freundin zur Seite zu stehen. Zugegeben, heute weiß ich, dass es besser gewesen wäre, wenn ich ihm einfach nur den Rücken bei seinen Eltern gestärkt hätte, aber so schlau war ich damals nicht. Daher diente ich ihm oftmals als Alibi oder überließ ihm immer mal wieder meine Wohnung für sein privates Vergnügen. Was genau er dann in meiner Wohnung praktizierte, weiß ich nicht und möchte ich auch eigentlich gar nicht so genau wissen, aber oftmals glichen die Räume nach seinem Aufenthalt einem riesigen Schlachtfeld. Alle möglichen Sachen lagen herum und einiges ging auch zu Bruch. Das war dann immer der Moment, an dem ich fürchterlich wütend auf Jonathan war. Allerdings war dies nie lang von Dauer, denn wenn er vor mir stand, weinend mit gesenktem Kopf und sich bei mir entschuldigte, konnte ich ihm einfach nicht lange böse sein.

## 19.

Es war im Dezember, als ich eine tiefe Lebenskrise durchmachte. Ich hatte begonnen meine Trauer zuzulassen und über die ganzen Geschehnisse der letzten Monate nachzudenken. Wie gern hätte ich mich mit Arbeit abgelenkt, nur um nicht weiter denken zu müssen, aber die Kanzlei und die Zahnarztpraxis waren wegen Urlaub geschlossen und in der Bar gab es momentan nichts zu tun für mich.

Es war also im Dezember, genauer gesagt ein Tag vor Heilig Abend. In dieser Nacht hatte es zu schneien begonnen und als ich den Schnee sah, musste ich wieder heftig weinen. Nie würde ich meiner Ashia zeigen können, was Schnee ist. Diese Erkenntnis machte mich unsagbar traurig.

Kraftlos quälte ich mich aus meinem Bett und schlurfte ins Badezimmer. Das Licht der Halogenstrahler blendete mich, als ich sie einschaltete. Und dann sah ich jemanden, den ich nicht kannte.

Rotunterlaufende, traurig schauende Augen blickten mir aus einem aschgrauen Gesicht entgegen. Die Lippen der Frau waren weiß und spröde. Und ihre blonden Haare hingen kraftlos und ungepflegt nach unten.

Erschrocken trat ich von meinem Spiegelbild zurück. Wie konnte so eine Gestalt aus mir geworden sein?

Ich wartete etwas, bis ich erneut einen Blick in den Spiegel über dem Waschbecken wagte. Es bestand kein Zweifel, dass es mein Gesicht war: Leer und kraftlos.

An diesem Morgen im Dezember beschloss ich für mich, dass ich so nicht mehr leben wollte! Wie als ob ein Schalter umgelegt wurde, kroch ich aus meinem schwarzen Loch heraus. Als erstes duschte ich und wusch meine Haare. Dann föhnte ich mir eine hübsche Frisur, schminkte mich dezent und wählte danach sorgfältig meine Kleidung.

Das klingt vielleicht seltsam für Sie, aber an diesem Tag im Dezember hatte ich beschlossen, nicht mehr um meine Tochter zu weinen, sondern froh zu sein, dass ich sie kennenlernen durfte. Natürlich war mir klar, dass ihr Tod für immer eine schmerzliche Leere in meinem Herzen hinterlassen hatte, aber ich wollte, dass sie durch mich und meine Erinnerung nie in Vergessenheit geraten würde.

## 20.

Ich hatte mir viel vorgenommen an dem Tag meiner Erkenntnis. Langsam lenkte ich meinen Wagen die Straßen entlang, denn durch den immer dichter werdenden Schnee konnte man kaum etwas erkennen. Mein Weg führte mich als erstes zum Grab meiner Tochter.

Ich parkte mein Auto direkt vor dem Haupttor des menschenleeren Friedhofs und ich schlitterte regelrecht den Weg an den Gräbern vorbei entlang. Schon von weitem sah ich ihr kleines Grab. Eine dicke Schneeschicht hatte sich auf der Grabdecke zur Ruhe gesetzt und auch das geschnitzte Holzkreuz war durch einen weißen Überzug eingehüllt.

Andächtig hielt ich an. Ich war an meinem ersten Ziel für heute angekommen. Behutsam ging ich in die Hocke und schob etwas Schnee zur Seite. Dann zog ich eine kleine Schaufel, die ich sonst immer für das Umtopfen meiner Zimmerpflanzen verwendete, aus meiner rechten Manteltasche und grub mühsam ein kleines Loch in den harten, gefrorenen Boden. Als dies vollbracht war, ließ ich eine kleine Metalldose in die Öffnung vor mir und nahm danach mit zitternden Händen, die schon ganz taub von der Kälte waren, einen gefalteten Brief aus meiner linken Manteltasche. Diesen küsste ich und legte ihn in die Dose. Kurz hielt ich inne und suchte dann in meinen Taschen nach meinem Feuerzeug. Meine Finger, die mittlerweile ganz blau vor Kälte waren, schmerzten, aber das konnte mich von meinem Vorhaben nicht abhalten. Ich zündete den Zettel in der Metalldose an und als nur noch Asche übrig war, schloss ich die Dose mit einem Deckel. Während ich das Loch wieder zu schaufelte, nahm ich mir im Stillen vor, nun jeden Monat ein Briefchen an meine Tochter zu schreiben und bei ihr zu verbrennen.

Die Stelle, an der ich die kleine Dose vergraben hatte, markierte ich mit einer Grableuchte.

Auf dem Rückweg zu meinem Auto war ich ganz in Gedanken. Und genauso gedankenverloren führte mich mein nächster Weg zum Haus von Laureen, Marc und Felix.

Es schneite nun deutlich weniger und als ich in ihre Straße einfuhr, hatte es ganz aufgehört zu schneien. Ich parkte meinen Wagen direkt hinter Marcs großen, blauen Familien–Van, und nachdem ich mein Aussehen im Rückspiegel geprüft hatte, stieg ich aus und ging zur Tür. Gleich nach dem ersten Klingeln öffnete mir Marc die Tür. Er sah erstaunt aus, mich zu sehen, aber auch erfreut. Liebevoll zog er mich zur Begrüßung in seine Arme.

Lange redeten wir an diesem Tag miteinander. Es war das erste Mal, dass ich über alles, was in den letzten Monaten passiert war, offen redete. Ich erzählte von meiner Tochter, von ihrem Tod und meiner Trauer. Und auch davon, wie ich Taylor mit Jessica in flagranti in meinem Bett erwischt hatte. Zwischendurch nahm Laureen mich immer wieder in ihre Arme. Sie weinte, genau wie ich und auch Marc hatte Tränen in seinen Augen.

Als ich mich am frühen Abend verabschiedete, hatte ich zuvor eine Zeitlang mit Felix gespielt. Es tat meiner Seele so gut, sein Kinderlachen zu vernehmen.

Mein letzter Weg an diesem Tag führte zu dem Haus, in dem ich aufgewachsen war. Wie zu erwarten, fand ich meinen Vater im Fernsehzimmer vor und meine Mutter wuselte in der Küche herum. Im Haus war es ruhig, nur die Erinnerung wusste, wie turbulent es hier früher zugegangen war, mit neun Kindern. Nichts erinnerte nun mehr daran, wo alle Kinder bis auf Leonie ausgezogen waren.

Ich setzte mich eine Weile schweigend neben meinen Vater, der ganz gebannt auf den Film starrte und wartete auf eine Reaktion von ihm. Mein Vater litt an Demenz und lebte schon seit einigen Jahren scheinbar in seiner eigenen Welt. An guten Tagen plauderte er fröhlich über alte Zeiten und wusste jedes kleine Detail, aber an schlechten Tagen erkannte er niemanden und siezte sogar seine eigene Ehefrau.

Meine Mutter kümmerte sich stets hingebungsvoll um ihren Mann, nie klagte sie oder beschwerte sich. Als sie das Zimmer betrat, leuchteten ihre Augen, aber sie nickte mir trotzdem nur zu. Das war eben meine Mutter, selbst wenn sie sich über etwas freute, konnte sie ihre Gefühle einfach nicht zeigen.

Ich folgte meiner Mutter in die Küche und erkundigte mich bei ihr nach dem Gesundheitszustand meines Vaters. „Es gibt gute Tage und es gibt schlechte Tage. Und heute ist ein mittlerer." War ihre Antwort und dabei lachte sie freudlos.

An diesem Abend redeten wir nicht viel. Es war mir auch nicht wichtig, vielmehr wollte ich die Nähe meiner Eltern genießen und das tat ich auch. Als ich ging, küsste ich meinen Vater zum Abschied auf die Stirn. Noch immer saß er auf seinem Lieblingssessel und starrte stumm den Fernseher an. Dann wandte ich mich an meine Mutter. Ich umarmte sie kurz und ging dann hinaus in die Kälte. Mittlerweile war es draußen dunkel geworden und es hatte erneut zu schneien begonnen.

Gerade als ich die Tür meines Autos öffnen wollte, vernahm ich die Worte meiner Mutter: „Gut hast du heute ausgeschaut, Felicitas."

Diese wenigen Worte trafen direkt in mein Herz und bildeten ein weiteres kleines Pflaster auf meiner geschundenen Seele.

„Danke, Mama", war das Einzige, was ich heiser lächelnd zurückgeben konnte.

# 21.

*W*as soll ich Sie jetzt belügen? Natürlich herrschte nicht jeden Tag heiterer Sonnenschein in meiner Gefühlswelt und oft wurde ich von der Trauer völlig übermannt, aber ich hatte das Gefühl, mein Leben wieder selbst in der Hand zu haben. Ich konnte mit meiner Trauer umgehen und was noch wichtiger war, ich konnte sie zulassen.

Mein Leben verlief so normal wie nun eben möglich und ehe ich mich versah, näherte sich der erste Geburtstag von Ashia.

Es fiel mir sehr schwer, an diesem Tag den Friedhof zu betreten. Mir kam es vor, als ob sogar das schmiedeeiserne Tor am Eingang sich schwerer öffnen ließ. Ich lief den schmalen Friedhofspfad entlang. Von der Weggabelung aus konnte ich sehen, dass ich nicht die erste Besucherin war. Auf ihrem Grab lag ein Strauß bunter Blumen. Instinktiv wusste ich, dass Taylor hier gewesen war, um seine Tochter zu besuchen. Ich kniete mich vor das kleine Grab und legte die weiße Rose nieder, die ich mitgebracht hatte. Gedankenverloren schob ich die Grableuchte zur Seite und entfernte mühelos die darunter befindliche Erde, bis die kleine Metalldose zum Vorschein kam. Ich legte meinen mitgebrachten Brief hinein und zündete ihn an. Ich beobachtete, wie die Flammen das Papier umzüngelten, bis nur noch Asche übrig war. Dann richtete ich alles wieder so her, dass niemand mein kleines Geheimnis erahnen konnte.

## 22

Seit der Enttäuschung, die ich durch Taylor erfahren musste, ließ ich keinen Mann mehr an mich heran, beziehungsweise in mein Herz. Ja, ich hatte Affären, aber nie etwas Tiefgründiges. Sobald ich merkte, ein Mann könnte es ernst mit mir meinen oder ich war gar dabei, ihn zu sehr zu mögen, flüchtete ich, indem ich den Kontakt zu ihm komplett abbrach.

Mein Leben war schon immer chaotisch und irgendwie zog ich das Unglück immer magisch an. Wen wundert es also, dass die nächste Misere nicht lang auf sich warten ließ?

Ich war gerade bei der jährlichen Vorsorgeuntersuchung bei meinem Gynäkologen Dr. Tupy. Ein sehr netter, älterer Mann, der sehr an einen zerstreuten Professor erinnert, und doch eine echte Koryphäe auf seinem Gebiet ist. An diesem Tag tastete er meine Brust länger ab, als er es sonst tat. Erst die linke, dann die rechte, dann wieder die linke. Noch während er tastete, fragte er mich nach meinem Alter. Ich antwortete: „Neunundzwanzig Jahre" und versuchte dabei in seinem Gesicht zu lesen. Aber ich konnte nicht deuten, was er dachte. Nickend ging er zu seinem Schreibtisch und bat mich, ihm gegenüber Platz zu nehmen. So ruhig wie mir nur möglich war, zog ich meine Kleidung wieder an und setzte mich auf den mir zugewiesenen Stuhl. Es folgte minutenlanges Schweigen, was mir endlos vorkam, während Dr. Tupy seine Notizen in meiner Patientenakte vervollständigte.

Dann sah er mich endlich an.

„Nun", begann er zu sprechen und zog sich dabei seine Brille von der Nase. „Ich habe da etwas getastet. Mit großer Wahrscheinlichkeit wird es nichts Ernsthaftes sein, sie sind ja auch noch sehr jung, aber es muss untersucht werden!"

Mit diesen Worten griff er zum Telefon, suchte in seinem Telefonregister nach der Nummer und während er wählte, sagte er zu mir, dass er für mich den Termin ausmachen werde, damit ich sobald wie möglich einen bekomme.

Mittlerweile rauschte es nur noch in meinen Ohren. Was erzählte dieser Mann da? Mir ging es doch gut! Mir war nicht klar, was er da getastet haben sollte. Ich unterdrückte den Impuls, selbst noch einmal meine Brust abzutasten.

Meine Gedanken überschlugen sich und ich griff mechanisch nach dem kleinen Zettel seines Notizblocks, den er mir reichte. Auf dem Zettel hatte Dr. Tupy die Adresse der radiologischen Praxis und das Datum vom nächsten Dienstag notiert.

Die folgende Woche war die reinste Qual für mich. In mir kämpften zwei "Geister". Der eine beruhigte mich, dass sicher alles gut werden würde und nichts Schlimmes sei und der zweite ging mit mir alle schlimmen Ereignisse durch, die nun sicher folgen würden. Ich muss zugeben, dass meist der zweite Geist überhand gewann, denn ich fiel in mein schwarzes Loch zurück und bemitleidete mich selbst. Dabei war ich unfähig, mit irgendjemanden über meine Ängste zu reden. Nicht mal Laureen sagte ich etwas.

An dem besagten Dienstag hatte ich mir frei genommen und betrat die radiologische Praxis zwanzig Minuten zu früh. Nachdem ich mich bei der Arzthelferin angemeldet hatte, setzte ich mich hin und begann den Fragebogen, den sie mir gegeben hatte, auszufüllen. Es war unheimlich schwer für mich, mich auf die Buchstaben zu konzentrieren und ich brauchte mehrere Anläufe um die Worte zu identifizieren.

*Wurden folgenden Krankheiten bei Ihnen festgestellt... – nein, nehmen Sie regelmäßig Medikamente – nein, leiden Sie unter Schlafstörungen – manchmal, leiden Sie häufiger an Kopfschmerzen – ja*

So folgte eine Frage der anderen und die meisten beantwortete ich mit nein. Als ich die Vorder- und Rückseite durchgearbeitet hatte, überflog ich noch einmal die Zeilen, ob ich auch nichts übersehen hatte und brachte dann den Fragebogen zur Schwester zurück.

Wieder wartete ich und die Zeit kam mir endlos vor. Ich war sehr nervös, sodass ich den Versuch, etwas in einer Zeitschrift zu lesen, gleich wieder aufgeben musste.

Dann wurde mein Name über einen Lautsprecher aufgerufen, ich solle ins Untersuchungszimmer drei kommen. Meine Beine waren wie Gummi und ich hatte so schreckliche Angst wie noch nie.

Eine Arzthelferin führte mich ins Untersuchungszimmer drei. Sie gab meine Daten in den Computer ein und bat mich noch einen Moment Geduld zu haben, Dr. Miquell würde gleich bei mir sein. Also wartete ich wieder.

Nach ein paar Minuten kam ein junger Arzt herein. Dr. Miquell wirkte schon beim ersten Anblick sehr arrogant auf mich und nachdem er mir die Hand geschüttelt hatte, wusste ich instinktiv, dass ich mit meiner Einschätzung richtiglag. Es waren nicht seine glattgegelten Haare, die mich so empfinden ließen, sondern vielmehr war es die Kälte in seinen Augen. Er setzte sich an den Computer, tippte etwas drauf rum und sah mich von oben herab an. „Weshalb sind Sie denn hier?"

Kein Witz, das war seine erste Frage an mich! Am liebsten hätte ich geantwortet: "Weil ich gerade nichts Besseres zu tun habe", aber ich entschied mich dagegen und antwortete stattdessen wahrheitsgemäß, dass mein Gynäkologe letzte Woche etwas in meiner Brust ertastet hatte und dies nun hier kontrolliert werden sollte. Wieder tippte er auf seinem Computer rum. Dann wandte er sich mir zu und meinte, dass es in meinem jungen Alter recht unwahrscheinlich sei, Brustkrebs zu bekommen und er erst mal einen Ultraschall meiner Brust machen wolle, um eventuell die teureren Untersuchungen zu vermeiden.

Ich war geschockt. Der wollte doch tatsächlich an mir sparen! Hatte ich das richtig verstanden? Am liebsten wäre ich aufgestanden und gegangen. Ich kam mir wie zweitklassig vor. Aber ich ging nicht, sondern blieb stattdessen reglos liegen und kämpfte mit diesen fiesen Verräterträen. Nein, auf gar keinen Fall wollte ich weinen, nicht vor diesem – bitte verzeihen Sie mir diesen Ausdruck – Arschloch.

Das Gel, was er auf meine nackte Brust spritzte, war kalt, doch ich versuchte mir nichts anmerken zu lassen. Starr blickte ich an die Zimmerdecke und spürte den Druck des Ultraschallkopfes. Hin und her wurde dieser geschoben, noch mehr Gel, dann wieder hin und her. Dazwischen immer wieder das Piepsen des Ultraschallgerätes, wenn Dr. Miquell ein Bild einfror und eine Messung vornahm.

Die Untersuchung kam mir ewig vor und ich wagte einen Blick auf den jungen Doktor. Dieser saß hochkonzentriert vor dem Monitor und wirkte nicht im Geringsten mehr so arrogant, wie zu Beginn der Untersuchung. Stattdessen erkannte ich Besorgnis in seinem Gesichtsausdruck. Als er meinen Blick bemerkte, schaute er mich an. Mit leiser Stimme, in der fast Traurigkeit mitschwang, sagte er mir, dass ich wohl doch nicht um eine Mammographie drum herumkommen würde. Dann sollte ich ihm folgen.

Wir betraten einen Röntgenraum. Das Gerät, was dort stand, machte mir irgendwie Angst. Eine sehr nett lächelnde Schwester trat hinter mich und erklärte mir, was nun bei der Mammographie alles gemacht werden musste.

Die Untersuchung empfand ich als äußerst unangenehm und war sehr froh, als ich sie endlich hinter mir hatte. Dann musste ich wieder im Behandlungszimmer drei Platz nehmen.

Mein Herz pochte wie verrückt in meiner Brust und es fiel mir sehr schwer, auf meinem Stuhl stillzusitzen.

Die Zeit des Wartens ist immer die schlimmste, das können Sie mir glauben!

Endlich öffnete sich die Tür und Dr. Miquell trat herein in Begleitung eines zweiten Arztes. Die beiden Männer setzten sich mir gegenüber auf die freien Stühle und tauschten seltsame Blicke aus. Dann ergriff Dr. Miquell das Wort. Er erklärte mir, dass es zwingend notwendig sei, weitere Tests durchzuführen, da der Verdacht einer Krebserkrankung durch die Mammographie bestärkt worden wäre. Den genauen Bericht werde er so bald wie möglich an meinen behandelnden Arzt schicken, der dann alles Weitere mit mir besprechen werde.

# 23.

Der Untersuchungsbericht traf eine Woche später in der Praxis von Dr. Tupy ein. Noch am selben Tag rief mich die Arzthelferin zu Hause an und vereinbarte mit mir einen Termin für den nächsten Tag.

Noch immer hatte ich mit niemanden über die mögliche Krebsdiagnose gesprochen. Nicht, dass ich es nicht gewollt hätte, doch die Gelegenheit ergab sich einfach nie. Einmal war ich fast soweit gewesen, Laureen mein Herz auszuschütten, aber da verkündete sie mir wie aus dem Nichts, dass sie und Marc ein Baby erwarteten. Laureen weinte ganz bitterlich, als sie mir davon erzählte, weil sie sich schuldig fühlte, da sie wusste, dass mir ihr Babyglück wehtun würde und alte Wunden wieder aufreißen würden. Ich nahm meine Schwester in den Arm und versicherte ihr, dass ich mich für sie freute. Und so war es auch: Ich freute mich wirklich für Laureen und Marc.

Aber wie hätte ich ihr in dieser Situation von mir erzählen sollen?

Dr. Tupy erklärte mir alles ganz genau und nahm sich sehr viel Zeit für mich. Er wirkte sehr besorgt, fast väterlich auf mich, als er mit mir sprach. Irgendwie war es wirklich goldig, wie bemüht Dr. Tupy war, mir alles so zu schildern, dass es sogar ein Kind hätte verstehen können.

Als nächstes folgte eine Woche später die Feinnadelbiopsie.

Zum Glück wurde diese ambulant durchgeführt, denn seit dem Tod von Ashia konnte ich den Gedanken nicht ertragen, in einem Krankenhaus bleiben zu müssen.

Das Testergebnis lag noch am selben Nachmittag vor und traf mich wie ein Schlag: Brustkrebs.

Tief in meinem Innersten hatte ich dieses negative Ergebnis bereits erahnt, aber natürlich hatte ich bis zum Schluss noch Hoffnung gehegt. Es dann aber schwarz auf weiß vor Augen zu haben, war wirklich hart.

An diesem Abend ging ich aus und betrank mich. Der Alkohol sollte mich betäuben. Ich wollte einfach aufhören zu grübeln. In einer Bar lernte ich Rolf kennen. Ohne groß darüber nachzudenken, ging ich mit zu ihm nach Hause und verbrachte die Nacht mit ihm. Mein Ziel war es, mich abzulenken. Doch als ich in den frühen Morgenstunden neben diesem fremden Mann lag, fühlte ich mich furchtbar. Das war das erste Mal, dass mir Sex nicht den gewünschten Stressausgleich gebracht hatte.

Noch bevor die Sonne aufgegangen war, verließ ich die Wohnung von Rolf. Dieser schlief noch tief und fest, als ich ging, deshalb hinterließ ich ihm eine kurze Nachricht auf seinem Küchentisch. Für mich war klar, dass das mit ihm eine einmalige Sache gewesen war.

Total überdreht wegen des Schlafmangels klingelte ich bei Laureen an der Tür. Marc öffnete die Tür und bat mich herein. Während ich ihm in die Küche folgte, teilte er mir mit, dass Laureen mit Felix bei einer Vorsorgeuntersuchung beim Kinderarzt sei. Ich setzte mich an den Küchentisch und nahm dankend den Kaffee entgegen, den mir Marc reichte. Stumm saßen wir uns gegenüber, jeder war in seine eigenen Gedanken vertieft. Um das Schweigen zu brechen, erkundigte ich mich nach Laureens Befinden.

„Gut", war die Antwort, bevor wieder Stille herrschte.

Nach einer Weile richtete sich Marc auf und blickte mir liebevoll in die Augen.

„Willst du mir nicht endlich sagen, was los ist, Felicitas?" Seine Worte hallten durch den Raum und wie, als wenn er eine Schleuse geöffnete hätte, brach ich völlig in Tränen aus.

Ich schüttete Marc mein ganzes Herz aus. Erzählte von meinen Ängsten, dass ich einfach nicht mehr wüsste, wie es weitergehen sollte und vor allem, dass ich nicht wusste, wie ich Laureen diese Nachricht überbringen sollte.

Marc nahm mich in die Arme und ließ mich an seiner Schulter weinen. Gerade als die letzten Tränen verebbt waren, hörten wir Laureen und Felix an der Tür. Schnell flüchtete ich ins Badezimmer, um die verräterischen Spuren des Weinens zu beseitigen. Als ich wieder in die Küche kam, schaute mich Laureen skeptisch an. Ich konnte einfach nicht mit meiner Schwester reden. Also bat ich Marc dies für mich zu übernehmen und flüchtete dann feige, ohne seine Antwort abzuwarten.

Laureens Anruf erreichte mich in den frühen Abendstunden. Zuerst war ich versucht, das Klingeln des Telefons zu ignorieren, aber mein Gewissen rief mich zur Vernunft. Wenigstens, dass ich jetzt mit ihr sprach, war ich meiner Schwester schuldig. Laureen weinte und schluchzte – sie tat mir so unendlich leid.

Bei den folgenden Untersuchungen war ich nicht mehr allein. Auch wenn Laureen mich nicht überall mithinbegleiten konnte, wusste ich trotzdem, dass sie da war und das war sehr tröstlich für mich.

Als nächstes musste ich zum MRT. Wieder musste ich einen Fragenbogen ausfüllen. An diesem Tag war ich nicht nervös oder aufgeregt, denn ich war mir sicher, dass es nicht noch schlimmer kommen konnte.

Nach circa einer halben Stunde Wartezeit rief mich eine Arzthelferin zu sich und führte mich einen schwach beleuchteten Gang entlang.

Während wir liefen, erklärte sie mir, dass ein MRT von meinem ganzen Körper gemacht werden würde, da bei der Mammographie fünf Tumore gefunden wurden und man nun sichergehen musste, dass nicht auch noch andere Organe befallen waren. Dann stoppten wir vor einer Tür. Die Arzthelferin betrat als erstes den Behandlungsraum und deutete auf eine Liege, auf die ich mich legen sollte.

Die gesamte Untersuchung dauerte fast eine Stunde. Ich war froh, als sie endlich vorbei war, denn meine Knochen und Gelenke schmerzten vom langen Stillliegen. Die Arzthelferin führte mich zurück in den Wartebereich und bat mich noch einmal Platz zu nehmen, bis Dr. Blumfeld Zeit für mich hatte.

Um die nächste Wartezeit zu überbrücken, schlenderte ich zu dem Kaffeeautomaten im Eingangsbereich. Gerade als ich eine Münze einwerfen wollte, sprach mich ein älterer Herr im weißen Kittel an. Wie sich herausstellte, war dies mein behandelnder Arzt Dr. Blumfeld. Er sah nett aus. Wir sprachen eine Weile, dann meinte er zu mir, dass die Auswertung meines MRTs mehr Zeit in Anspruch nehmen würde als gewöhnlich, da er gern erst noch die Meinung seiner Kollegen zu meinem Fall hören würde. Sie würden sich dann bei mir melden, wenn alle Ergebnisse vorliegen würden. Mit diesen Worten verabschiedete er sich bei mir und ich trat mit einem sehr flauen Gefühl im Magen meinen Heimweg an.

## 24

Der Termin bei Dr. Blumfeld, der nun folgte, war noch schlimmer, als ich es mir je vorgestellt hatte. Dabei dachte ich doch, dass dies nicht möglich wäre.

Laureen saß neben mir und wir beide sagten kein einziges Wort. Die Stimme des Arztes hallte durch den Raum und erfüllte diesen erdrückend.

Die gute Nachricht dieses Tages war, dass keine Metastasen oder Krebsgeschwüre in meiner Leber, Niere, Lunge, Magen, Schilddrüse und so weiter gefunden wurden. Dafür aber drei unterschiedlich große Tumore in meinem Kopf. Einer davon ließe sich problemlos entfernen, aber die anderen zwei wären inoperabel.

Dr. Blumfeld nahm sich wirklich sehr viel Zeit für mich. Er zeigte mir und Laureen auf den MRT–Bildern, an welchen Stellen sich die Tumore befanden. Ein tischtennisballgroßer Tumor befand sich bei meinem Sprachzentrum, ein erbsengroßer Tumor hatte sich in meinem Kurzzeitgedächtnis eingenistet und der letzte Tumor schlängelte sich in den Abschnitten entlang, die für die Motorik zuständig waren. Nachdem er uns jeden einzelnen Tumor gezeigt hatte, klärte er mich über die zu erwartenden Symptome auf und schilderte mir bis ins kleinste Detail, was mich in der nächsten Zeit alles erwarten würde. Meine voraussichtliche Lebensdauer schätzte er auf Grund der Größe und Lage der Tumore zu diesem Zeitpunkt auf circa ein halbes Jahr, mit viel Glück vielleicht auch etwas länger.

Ich schaute die ganze Zeit über Dr. Blumfeld an und hörte seine Worte, aber es fiel mir sehr schwer, mich auf den gesamten Inhalt seiner Rede zu konzentrieren. Das einzige, was immer wieder durch meinen Kopf hallte, waren die Worte: Gehirntumor, inoperabel, Symptome, Lebenserwartung. Ich jonglierte in meinen Gedanken mit diesen Worten und was wirklich seltsam an der Sache war, dass ich währenddessen keine Angst verspürte, sondern einfach nur dachte: So ist es also, wenn es endet.

Laureen sagte auf der ganzen Autofahrt nach Hause kein einziges Wort. Ich wusste, an was sie dachte. Am liebsten hätte ich einfach drauf losgequasselt, nur um mich von meinem Gedankenchaos abzulenken, aber mir fiel nichts Kluges ein, was ich hätte sagen können. Also schwieg auch ich.

Den restlichen Abend verbrachte ich allein. Ich lag in meinem Bett und starrte an die Decke.

In jener Nacht kam mir das erste Mal der Gedanke, mein Schicksal selbst in die Hand zu nehmen. ICH wollte bestimmen, wann es zu Ende ist und nicht so ein blöder Krebs!

Und so entstand meine To-do-Liste. Nichts wollte ich mehr dem Zufall überlassen.

Die nächsten Tage verbrachte ich damit, meine Versicherungsunterlagen zu sortieren. Ich machte Termine mit einigen Versicherungsvertretern, um noch einige Änderungen vorzunehmen und ließ bei jeder Police als Begünstigte Laureen eintragen. Nachdem ich mir einen genauen Überblick verschafft hatte, begann ich Schreiben aufzusetzen, die über meinen Tod informieren sollten. Einige Versicherungen kündigte ich somit, andere instruierte ich, die Versicherungssumme an Laureen auszuzahlen. Laureen würde von meinem Tod profitieren. Dieser Gedanke freute mich. Natürlich war mir klar, dass kein Geld der

Welt ihren Schmerz über den Verlust leichter machen konnte, aber ich wusste, ich konnte ihr so noch etwas Gutes tun.

Als das erledigt war, machte ich meinen ersten Haken auf meiner Liste. Dann rief ich Jonathan an.

Wir plauderten eine Weile und als mir der Moment günstig erschien, unterbreitete ich ihm den Vorschlag, dass er schon sehr bald meine Wohnung beziehen könne und wenn er wolle, würde ich ihm dann auch meine gesamten Möbel überlassen. Jonathan war sofort Feuer und Flamme. Natürlich fragte er mich nach dem Grund, aber innerlich war er schon bereits beim Umzug, sodass ihm ein „Ich erkläre dir das ein anderes Mal" völlig ausreichte.

Das war also der zweite Haken auf meiner Liste: Nachmieter suchen. Ohne Frage, das ganze musste natürlich noch von meinem Vermieter abgesegnet werden, aber dem blickte ich recht optimistisch entgegen, dass dieser dem ganzen zustimmen würde und so war es dann auch. Telefonisch versicherte mir eine sehr nett klingende Frau, dass ein Umschreiben meines Mietvertrages gar kein Problem sein würde, wenn der von mir gewählte Nachmieter ihren Ansprüchen gerecht werden würde. Da ich wusste, dass Jonathan genug Geld verdiente, um sich die Miete leisten zu können, setzte ich meinen nächsten Haken auf meiner Liste.

Als nächstes machte ich die Schreiben für die Telefongesellschaft und den Stromanbieter fertig, damit Jonathan problemlos meine Verträge übernehmen konnte. Ob er sie dann nutzen würde oder nicht, wusste ich nicht. Das war mir auch egal, ich wollte diese beiden Punkte auf meiner Liste abhaken.

Laureen hatte ich seit Wochen weder gesehen noch gesprochen. Sie fehlte mir schrecklich. Aber um ehrlich zu sein, war ich zu feige, mich bei ihr zu melden. Mindestens tausend Mal hatte ich den Telefonhörer schon in meiner Hand gehabt und ihre Nummer fast gewählt, aber dann traute ich mich nicht, denn ich wusste einfach nicht, was ich ihr sagen sollte.

Ich wette, Laureen ging es in dieser Zeit genauso, denn eigentlich war es gar nicht typisch für sie, sich überhaupt nicht zu melden.

Der nächste Punkt auf meiner Liste war meine Beerdigung.

Also suchte ich den Bestatter auf, der sich auch schon um die Beisetzung meiner Tochter gekümmert hatte. Die Trauerbegleiterin, Frau Dianthus, war dieselbe von damals. Sie erkannte mich sofort wieder und schaute sehr betrübt, als ich ihr von der Diagnose und meinen Absichten erzählte. Ich reichte ihr eine Tüte mit den Sachen, die ich im Sarg tragen wollte und eine Mappe, in der sich die Trauerrede sowie die Todesanzeige für mich befanden. Dann blätterte ich den Katalog durch und entschied mich für einen schlichten schwarzen Sarg, der mit weißem Stoff ausgelegt werden sollte. Als Blumen wählte ich ein Gebinde aus weißen Rosen und zart rosafarbenen Gladiolen. Am Ende des Termins suchte ich noch den Grabstein aus, der in einem Jahr auf dem Grab meiner Tochter und mir gestellt werden soll. Als Inschrift wählte ich: *Für immer vereint*.

Es hört sich für Sie jetzt vielleicht leicht an, aber das war es nicht. Dieser Tag beim Bestatter machte meine ganze

Situation so endgültig. Andere in meinem Alter planten ihre Hochzeit. Und was plante ich?

Ein weiterer Punkt auf meiner Liste war, dass ich mich von meinen Freunden und meiner Familie verabschieden wollte. Aber wie ich das anstellen sollte, ohne dass sie den Abschied merkten, das war mir lange ein großes Rätsel.

Die zündende Idee brachte Marc, als er mir vorschlug, in diesem Jahr Laureens und meinen dreißigsten Geburtstag ganz groß zu feiern. Marc selbst wollte das Ganze als Geburtstagsüberraschung für Laureen veranstalten.

Natürlich, das war es! So konnte ich alle noch einmal sehen, mit ihnen feiern und mich im Stillen bei jedem einzelnen verabschieden.

Gesagt, getan. Marc organisierte den Raum und kümmerte sich um den Partyservice. Mein Part war es, eine Gästeliste zu erstellen und diese Leute dann einzuladen, mit der Bitte, Laureen nichts zu verraten.

Und es funktionierte tatsächlich: Laureen hatte bis zum besagten Tag X überhaupt keine Ahnung.

## 25

Laureen öffnete mir am Tag unseres dreißigsten Geburtstages die Tür. Seit über zwei Monaten hatten wir nun keinen Kontakt mehr gehabt und es war so unsagbar schön für mich, sie wieder zu sehen. Auch Laureen schien sich darüber zu freuen mich zu erblicken, aber gleichzeitig wurden ihre Augen ganz traurig. Wir umarmten uns innig und jede von uns genoss die Nähe der anderen.

Den Tag verbrachten wir im Einkaufszentrum. Wir schlenderten durch die Geschäfte, erstanden hier und da etwas Schönes für Felix oder das Baby, aßen Pizza zum Mittag und danach Eis. Während des Essens redeten wir über Felix, Laureens Schwangerschaft und auch über meine Krebsdiagnose. Dieses Thema ließ sich leider nicht vermeiden und es war wichtig für uns beide, darüber zu sprechen. Ich versicherte ihr, dass es mir gut ginge und ich einfach für mich beschlossen hatte, meine noch mir verbleibende Zeit zu genießen.

Das war keine Lüge, denn ich versuchte wirklich aus jedem Tag nur das Beste für mich zu ziehen und jeden einzelnen so intensiv auszuleben, als wenn er mein letzter wäre. Aber ich verschwieg Laureen meine To-do-Liste und auch mein Vorhaben, mein Schicksal selbst in die Hand zu nehmen.

Nein, das konnte ich ihr wirklich nicht erzählen. Nicht an so einem Tag. Irgendwann würde ich es tun müssen, aber nicht an unserem Geburtstag.

Zum krönenden Abschluss gingen wir am Nachmittag ins Kino. Es war ein toller dreißigster Geburtstag: Nur Laureen und ich. Und später natürlich noch die Überraschungsparty, von der ja Laureen nichts ahnte.

Unter dem Vorwand noch schnell etwas abholen zu müssen, lotste ich Laureen ins Vereinsheim. Alles war dunkel. Ich fasste Laureen bei der Hand und meinte, ich könne da unmöglich allein reingehen. Also begleitete mich Laureen, wenn auch nur wiederwillig.

Ich öffnete die schwere Eingangstür und noch bevor wir eintreten konnten, ging das Licht an und wir erblickten unsere ganzen Freunde und die gesamte Familie, wie sie dastanden, mit einem Sektglas in der Hand und beim Zuprosten „Überraschung" riefen.

Alles war perfekt getimt und Marc hatte sich wirklich selbst übertroffen. Die Dekoration war erstklassig. Viele bunte Blumen und Lichterketten schmückten den gesamten Raum. Das Essen roch verführerisch und schmeckte noch besser. Und Marc hatte sogar eine Cocktailbar organisiert. Ich war völlig begeistert und was natürlich wichtiger war, Laureen auch.

Ab hier trennten sich für diesen Abend Laureens und mein Weg. Ich wollte jeden einzelnen Gast begrüßen, in die Arme schließen und mich verabschieden. Da nur Laureen und Marc mein kleines Geheimnis kannten, war der Umgang mit allen Gästen zum Glück zwanglos. Es kamen keine Fragen, sondern Glückwünsche und das machte mich wirklich sehr glücklich.

Ich lief durch den Raum und freute mich sehr, all die bekannten Gesichter zu erblicken. Einige hatte ich seit Jahren nicht mehr gesehen. Da waren beispielsweise Janette und Wilhelm, die vor kurzem ein Baby bekommen hatten. Ich hatte keine Ahnung gehabt, dass es zwischen den beiden wirklich so ernst war. Ich schloss die drei in meine Arme und wünschte ihnen alles Glück der Welt für ihre Zukunft. Bei anderen wiederum dachte ich mir mein *Lebwohl* nur, während einer herzlichen Umarmung.

Am schwersten fiel es mir, jemanden aus meiner Familie zu umarmen und zu wissen, dass dies ein Abschied für immer war.

Ich umarmte meine Schwester Leonie, dann schaute ich sie an und dankte ihr, dass sie mir immer eine fantastische große Schwester gewesen war, die mir so viel Nützliches beigebracht hatte. Leonie schaute mich misstrauisch an und fragte, ob alles okay sei. Mit einer wegwerfenden Handbewegung bejahte ich ihre Frage und begründete mein Verhalten, dass mich Geburtstagsfeiern immer sentimental machten. Zum Abschied drückte ich meine Schwester noch einmal ganz fest an mich.

Meinem Schwager Marc klopfte ich auf die Schulter und sagte ihm voller Anerkennung, wie toll er das mit dem Raum hinbekommen hatte. Während wir uns umarmten, waren meine Gedanken: „Bitte pass gut auf Laureen, Felix und das Baby auf!", aber ich sprach sie nicht laut aus.

Dann bahnte ich mir einen Weg durch die Gäste zu meinen Schwestern Caroline und Amelie. Doch bevor ich sie erreichen konnte, fing mich mein Bruder Florian ab. Er schloss mich in die Arme und gratulierte mir. Ich war so froh, ihn zu sehen. Wir beide standen eine ganze Weile da, redeten über dies und jenes, lachten und bevor wir wieder auseinandergingen, stellte mir Florian seine neue Freundin Anna vor. „Diesmal könnte es echt was werden. Für immer, meine ich.", flüsterte er mir zu. Ich wünschte den beiden von ganzen Herzen viel Glück und verabschiedete mich mit den Worten: „Genießt einfach jede Minute zusammen, denn jede einzelne ist kostbar."

Caroline und Amelie standen vor der Cocktailbar und flirteten hemmungslos mit dem Barkeeper. Genau so waren sie schon immer. Lächelnd ging ich auf sie zu und umarmte eine nach der anderen. Dann ging ich etwas auf Abstand, betrachtete mir meine Schwestern und sagte ihnen anerkennend, wie toll sie aussahen. Was natürlich beide sehr freute. Auch mit Caroline und Amelie machte ich eine kleine Gedankenreise in die Vergangenheit, dankte ihnen für ihre stete exklusive Modeberatung. Als ich mich von beiden verabschiedete, zwinkerte ich ihnen zu und wünschte ihnen viel Glück mit einem Deut auf den Barkeeper, was die zwei wie kleine Schulmädchen kichern ließ.

Als nächstes entdeckte ich Richard in der Menge. Mein Gott, sah mein Bruder wieder gut aus. Kein Wunder, dass kaum eine Frau ihm widerstehen konnte. Ich ging auf ihn zu und drückte ihn fest an mich. Eine Wärme durchströmte mich. Als ich mich verabschiedete, drückte ich Richard einen zarten Kuss auf die Wange und atmete dabei den Duft seines Parfums ganz tief ein.

Eine Weile stand ich allein und unentschlossen da, wen ich als nächstes begrüßen beziehungsweise verabschieden sollte. Ein Tippen auf meine Schulter ließ mich augenblicklich zusammenzucken. Ich drehte mich um und blickte in die gutmütigen Augen meines Vaters. Auch er und meine Mutter waren gekommen, um Laureens und meinen dreißigsten Geburtstag zu feiern. Ich freute mich riesig, vor allem, weil es meinem Vater heute gut zu gehen schien. Ich umarmte beide und fast wäre ich in Tränen ausgebrochen. Aber ich hielt sie zurück, denn ich musste stark sein.

Von weitem sah ich Frederic. Er redete mit einem Mann, der mir völlig unbekannt war. Ich steuerte auf die beiden zu und begrüßte sie. Als der Fremde ging, schloss ich Frederic in meine Arme. Diese Nähe tat wirklich gut. Frederic entschuldigte sich bei mir, weil Eileen an diesem Abend nicht anwesend war, doch ich versicherte ihm, dass das völlig okay wäre. Innerlich muss ich gestehen, war ich sogar froh darüber, sie nicht sehen zu müssen. Auch mit Frederic sprach ich über vergangene Zeiten und er war begeistert, dass ich mich noch erinnerte, dass er es war, der mir das Fahrradfahren und das Schwimmen beigebracht hatte. Ich bedankte mich bei ihm für die schöne Zeit und ging dann weiter.

So verbrachte ich also den Rest meines dreißigsten Geburtstages, indem ich Leute umarmte und mich bei ihnen unauffällig verabschiedete.

Morten spielte den gesamten Abend mit seiner Band und es war so fantastisch, ihre Melodien zu hören. Was wäre also passender gewesen, als mir ein Lied zum Abschied von ihm zu wünschen? Und das tat ich auch!

Ich umarmte meinen Bruder ganz fest, hauchte ihm einen Kuss auf die Wange und wünschte mir dabei von ihm das Lied *"Time to say goodbye"*.

Als die letzten Akkorde des Liedes gespielt wurden, saß ich allein in einem Taxi und war auf dem Weg zu mir nach Hause.

## 26

Das nächste, was auf meiner Liste stand, war das Ausräumen meiner Wohnung. Einige Sachen schmiss ich gleich weg, andere legte ich zur Seite, weil ich genau wusste, dass sich jemand aus meiner Familie darüber freuen würde. Und alles andere, was noch brauchbar war, aber keinen mentalen Wert hatte, spendete ich einer wohltätigen Einrichtung.

Ich war gerade dabei, meinen Wohnzimmerschrank auszuräumen, als mir plötzlich ganz schwarz vor Augen wurde. Als ich wieder zu mir kam, hatte ich eine dicke Beule am Kopf. Das war das erste Mal, seit ich von den Tumoren erfahren hatte, dass ich es mit der Angst zu tun bekam, denn ich wusste instinktiv, dass nun der Zeitpunkt gekommen war, an dem die ersten Symptome auftraten.

Gleich am nächsten Morgen suchte ich Dr. Blumfeld auf. Nach einer gründlichen Untersuchung war er sich sicher, dass ich eine Art Krampfanfall gehabt hatte, dessen Ursache dem Tumor zuzuschreiben war, der auf das Nervenzentrum in meinem Gehirn drückte. Er bestätigte also meinen Verdacht und erklärte mir nochmals, was in nächster Zeit noch alles auf mich zukommen könnte. Neben krampfen, könnte es vermehrt zu Seh- und Sprachstörungen kommen, auch Gedächtnisverlust wäre zu erwarten.

Ab diesem Tag kamen die Krampfanfälle häufiger. Manche Krämpfe waren *nur* wie eine kleine Ohnmacht, bei anderen hingegen war ich nicht mehr Herr über meinen eigenen Körper. Ich konnte das Zucken in Armen und Beinen nicht beeinflussen, solange ein Krampf anhielt.

Für mich war es nun höchste Zeit, meine Liste schneller abzuhaken. Ich hatte einfach keine Zeit zu verschwenden.

Mit einem sehr flauen Gefühl im Magen klopfte ich bei meinem Chef an die Tür. Nachdem er mich reingebeten hatte, trat ich ein und setzte mich ihm gegenüber. Mir war speiübel vor Nervosität, doch ich wusste, dass ich dieses Gespräch führen musste. Ich bat ihn, mir einfach zuzuhören und erzählte ihm dann von meiner Krankheit und von meinen Aussetzern. Das alles fiel mir zwar nicht leicht, aber es war okay für mich, darüber zu sprechen. Was mir allerdings wirklich schwer fiel, über meine Lippen zu bringen, war der Satz: „Und deshalb muss ich leider mit sofortiger Wirkung kündigen." Dann herrschte Schweigen.

Ich war völlig erschöpft und kämpfte mit den Tränen.

Dr. Borro war auch sichtlich niedergeschlagen und es war, glaube ich, das erste Mal, dass er nicht die richtigen Worte fand. Als er mich verabschiedete, nahm er mich in die Arme. Ich spürte, wie schwer es ihm fiel, mich gehen zu lassen, aber er verstand mich und das war mir wichtig.

Während ich in Dr. Borros Armen lag, wiegte er mich sanft hin und her und flüsterte mir die Worte zu, dass wenn was ist, er immer für mich da sein werde. Ich lächelte ihm dankbar zu, doch im Grunde genommen wussten wir beide, dass er nichts für mich tun konnte.

Oder doch! Ich drehte mich, bevor ich rausging, im Türrahmen noch einmal um und fragte ihn, ob er für mich mein Testament beglaubigen könnte. Diesmal war er derjenige, der dankbar lächelte und meine Frage bejahte.

An diesem Abend schrieb ich mein Testament, das ich ein paar Tage später von Dr. Borro beglaubigen ließ.

Nun war ich also nicht mehr nur krank, sondern auch noch arbeitslos. Eine tiefe Trauer begleitete mich die nächsten Tage. Nein, eigentlich war es gar keine Trauer, sondern eher tiefer Selbstmitleid. Die Sorte *ich tu mir ja selbst so fürchterlich leid* wo man tonnenweise Eiscreme in sich reinschaufelt und den ganzen Tag im Pyjama rumläuft.

Dieser Zustand dauerte circa eine Woche. Ich kann mich eigentlich gar nicht mehr genau daran erinnern, was mich zur Besinnung brachte, aber ich wachte eines Morgens auf und dachte: Was machst du hier eigentlich? Du vergeudest deine Zeit!

Kein Witz, genauso war das! Also richtete ich mich auf, nahm mir meine Liste zur Hand und schaute sie an. Bei vielen Punkten war ein Haken und bei denen, wo noch keiner war, musste so bald wie möglich einer erscheinen.

Als nächstes schrieb ich mich für einen Tanzkurs ein, denn das war schon immer ein Traum von mir gewesen, richtig tanzen zu lernen.

Dies war der einzige Punkt auf meiner Liste, bei dem es mal nur um mich ging. Ein einziges Mal wollte ich etwas tun, was nur für mich selbst sein sollte.

Es war ein fantastisches Gefühl, fast schwerelos über die Tanzfläche zu schweben und ganz eins zu sein mit der Musik. Wieso hatte ich das nicht schon früher gemacht?

Mein Tanzpartner hieß Dietmar. Ein netter, charmanter Mann um die vierzig. Ansonsten gab es um uns herum nur Paare. Die meisten lernten für ihren Hochzeitstanz. Dietmar konnte fantastisch führen, es war so leicht mit ihm denselben Rhythmus zu finden.

Am Ende des Monats konnte ich wieder ein Häkchen machen.

## 27

Mit meinen Eltern hatte ich nie ein sehr inniges Verhältnis gehabt, trotzdem verspürte ich das dringende Bedürfnis, sie noch einmal zu sehen, sie ganz fest in meine Arme zu schließen und ihnen ein letztes Mal ganz nah zu sein. Deshalb besuchte ich sie an einem Samstag.

Seit meinem Geburtstag, der nun schon wieder einen Monat zurücklag, hatte ich beide weder gesehen noch mit ihnen gesprochen.

Meinen Vater traf ich wieder in seinem Lieblingssessel sitzend vor dem Fernseher an. Es lief gerade ein Fußballspiel, aber ich glaube nicht, dass er es überhaupt wahrnahm. Ich gab meinem Vater einen Kuss auf die Stirn und setzte mich für einen Moment neben ihn.

Meine Mutter war in der Küche. Als sie mich sah, huschte ein flüchtiges Lächeln über ihr Gesicht, was mich sehr freute. Sie kochte für mich einen Kaffee und für sich selbst machte sie einen Tee, dann setzen wir uns an den Küchentisch. Wir redeten über meinen Vater und die Geburtstagsfeier. Eigentlich sprachen wir über ganz belanglose Dinge und ich hatte auch gar nicht vorgehabt, ihr von meiner Krankheit zu erzählen, aber dann sagte meine Mutter irgendwas, was mich sofort wütend machte.

Jetzt im Nachhinein weiß ich nicht mal mehr, worum es ging, aber in dem Moment war ich einfach nur sauer, wütend und verletzt.

Ich sagte zu ihr viele Dinge, die mir später sehr leidtaten, besonders bereue ich, dass sie in dieser wutdurchfluteten Situation von meiner Krankheit erfuhr.

Einer meiner Sätze war: „Bald hast du ja deine zwei Kleeblätter, wie du sie immer wolltest!"

Augenblicklich füllten sich die Augen meiner Mutter mit Tränen und sie sagte kaum hörbar: „Das tut mir sehr leid, Felicitas, dass du das immer noch denkst."

Ich umarmte meine Mutter. Es tat mir so schrecklich leid. Ich wollte ihr weder wehtun, noch wollte ich, dass sie wegen mir weinte.

An diesem Abend erzählte ich ihr von dem Brustkrebs und den Tumoren in meinem Kopf und das ich nicht mehr lange leben würde. (Mein Vorhaben, das Datum meines Todes selbst zu bestimmen, erwähnte ich allerdings mit keiner einzigen Silbe...)

Es war ein Abend voller Emotionen. So intensiv war noch kein Gespräch mit meiner Mutter gewesen. Ich fühlte mich das erste Mal von meiner Mutter geliebt und das tat sehr gut. Am liebsten hätte ich diesen Moment der Liebe für immer festgehalten.

Als ich mich verabschiedete, waren die Augen meiner Mutter und auch meine ganz rot vom Weinen. Ich umarmte meinen Vater innig und drückte ihm einen dicken Kuss auf die Stirn. Danach nahm ich noch einmal meine Mutter in den Arm und sagte ihr zum Abschied, wie sehr ich sie und Papa liebe, dann begab ich mich auf den Heimweg.

Am nächsten Tag rief ich bei Laureen an. Sie war leider nicht zu Hause, nur Marc. Ich nahm all meinen Mut zusammen und fragte ihn, ob er über alles genau Bescheid wüsste. Er stellte sich erst gar nicht unwissend, sondern sagte direkt: „Ja!"

Also fasste ich mir ein Herz und schüttete meinem Schwager selbiges aus. Ich erzählte ihm von meinen Anfällen und mit Marc redete ich das erste Mal offen über meine Suizidpläne. Falls er geschockt war, ließ er sich nichts anmerken, sondern redete sehr ruhig mit mir. Er versicherte mir, dass er mich sehr gut verstehen könnte, sagte aber auch, dass es für niemanden leicht werden würde.

Das wusste ich auch selber, es jetzt aber direkt von Marc zu hören, traf mich tief.

Wir sprachen lange und es tat sehr gut, mir mal alles von der Seele zu reden, was ich schon so lange allein mit mir rumgeschleppt hatte. Am Ende des Telefonats fragte ich Marc, ob er nicht einen Tipp für mich hätte, wie ich es Laureen schonend beibringen könnte.

Seine Stimme klang auf einmal ganz belegt. Ich spürte seine Unruhe. „Geht das überhaupt schonend? Naja, ihr könntet beide am Wochenende verreisen. Nur ihr zwei. Vielleicht nach Amsterdam, da wollt Lauri schon immer mal hin."

Das war eine klasse Idee! Gleich nachdem das Telefongespräch mit Marc beendet war, setzte ich mich an meinen Computer und durchstöberte das Internet nach guten Angeboten für eine Wochenendreise nach Amsterdam. Ich musste auch gar nicht lange suchen, bis ich die perfekte Offerte für uns gefunden hatte. Ein wunderschönes Hotel direkt am Hafen. Das würde sicher Laureen gefallen!

Voller Aufregung schrieb ich Laureen eine SMS. *„Sag bitte ja!"*

Ihre Antwort ließ nicht lang auf sich warten. *„Okay, JA. Und was nun?"*

Genau das war und ist meine Schwester! Immer hundertprozentig loyal. Niemand sonst würde so blindes Vertrauen haben und dafür liebte ich Laureen noch mehr.

Ich buchte das von mir im Internet gefundene Angebot und schrieb an Laureen zurück: *„Schön! Hole dich Freitag um sechzehn Uhr ab und entführe dich für ein Wochenende. Wohin verrate ich nicht, das soll eine Überraschung sein. Hab dich lieb!"*

Zufrieden lehnte ich mich zurück. Nun würde auch der letzte Punkt meiner Liste bald abgehakt werden können.

## 28

*P*ünktlich um sechzehn Uhr klingelte ich bei Laureen an der Tür. Nach kurzem Warten öffnete mir Felix die Tür. Ich war immer wieder von neuem erstaunt, wie groß er schon geworden war. Okay, er hatte mittlerweile seinen achten Geburtstag gefeiert, trotzdem kam es mir so vor, als wäre es erst gestern gewesen, dass ich seine Geburt miterleben durfte.

Wir umarmten uns und es durchzuckte mich wie ein Blitz, denn mir wurde schlagartig bewusst, dass ich mich auch bald von ihm verabschieden musste. Aber erst nach dem Wochenende mit Laureen.

Ich versuchte so gut es ging, meine Gefühle und die aufsteigenden Tränen zu unterdrücken. Dann trat ich ein. Laureen stand im Wohnzimmer, ihre gepackte Tasche stand neben ihr.

Marc brachte uns zum Flughafen. Als Laureen dort unser Reiseziel erfuhr, leuchteten ihre Augen vor Freude.

Während des gesamten Fluges herrsche Stille zwischen Laureen und mir. Jede war irgendwie in ihre eigenen Gedanken vertieft. Vom Flughafen aus nahmen wir uns ein Taxi zum Hotel.

Das Zimmer war der Hammer! Alles war nur vom Feinsten. Sogar mit Wasserbett und Whirlpool. Das Internetportal hatte wirklich nicht zu viel versprochen.

Unseren ersten Abend in Amsterdam verbrachten wir im Hotel. Laureen war erschöpft von der Reise und legte sich direkt nach dem Abendessen ins Bett, wo sie augenblicklich einschlief. Da ich noch nicht müde war, hielt ich mich den gesamten Abend an der Hotelbar auf.

Ich war froh, ein wenig Zeit für mich zu haben, denn so konnte ich einen Plan entwerfen, wie ich am besten mit Laureen reden wollte.

Den nächsten Tag begannen wir mit einer Sightseeing–Tour durch Amsterdam. Wir waren begeistert von der Architektur der Häuser und genossen die Fahrt mit dem Bus genauso wie die Grachtenfahrt. Wir besuchten das *Van-Gogh-Museum* und beendeten unsere Erkundungstour am Nachmittag im Wachsfigurenkabinett *Madame Tussaud´s*. Am Abend gingen wir in ein schickes Restaurant. Mir war klar, dass nun der Zeitpunkt nahte, an dem ich mit Laureen über meinen Plan reden musste und das machte mir Angst.

Im ganzen Lokal roch es köstlich und auch die Speisekarte präsentierte lauter Leckereien, doch ich hatte einfach keinen Appetit. Meine Gedanken kreisten nur darum, wie ich es meiner Schwester am besten sagen sollte. Alle guten Ideen vom Vorabend kamen mir auf einmal albern vor.

Ich stocherte in meinem Salat und zuckte regelrecht zusammen, als Laureen mich plötzlich ansprach. Sie fragte mich, was mit mir los sei, doch ich fand einfach keine Worte.

Laureens Blick wurde auf einmal ganz traurig. Also fasste ich mir ein Herz, ergriff Laureens Hand und begann zu erzählen.

Ich redete mir alles von der Seele und als ich endete, rollte eine Träne über Laureens Wange. Kein einziges Mal hatte sie mich unterbrochen. Eine tonnenschwere Last rutschte von meinen Schultern, denn ich spürte, dass Laureen mich verstand.

# Epilog

*N*un ist es endlich so weit.

Vor mir auf dem Tisch liegt meine To-do-Liste.

Ich überprüfe ein letztes Mal ob sie vollständig ist – ja, hinter jedem Punkt ist ein Haken.

Behutsam lege ich meine Liste auf einen Teller, zünde ein Streichholz an und halte es an das Blatt. Die Flammen züngeln sich am Papier entlang, bis irgendwann nur noch ein schwarzgrauer Aschehaufen übrig ist.

Einen Moment halte ich inne.

Dann räume ich den Teller weg und schaue mich in meiner Wohnung um. Jeden einzelnen Augenblick möchte ich genießen. Alles ist bereit.

Ob ich Angst habe? Ja, die habe ich! Sehr sogar, aber ich weiß, dass es richtig ist, was ich tue.

Ich setze mich wieder hin und esse den letzten Rest von meinem Kuchen. Das Rezept hatte ich vor ein paar Wochen im Internet gefunden. In dem Bericht stand, dass Tabletten schlucken recht mühsam sei und es besser ist, alle Pillen zerkleinert in einem Kuchenteig zu backen.

So langsam werde ich müde.

Ich entferne die letzten Krümel vom Tisch und streiche anmutig mit meinen Fingerspitzen über meinen Abschiedsbrief. Dann lege mich in mein Bett.

Ich falte meine Hände über der Decke und schlafe friedlich, mit einem sanften Lächeln auf den Lippen ein...

Ende

# Danksagung

In erster Linie möchte ich meinem Mann Michael danken, der mich einst "errettet" hat, als "Prinz in schillernder Rüstung" und fortan zu mir gehalten hat, auch wenn es manchmal nicht ganz einfach war/ist. Ich liebe dich!

Das größte Glück in meinem Leben, sind meine Kinder Cynthia, Justin und Quentin. Euch verdanke ich den Sinn in meinem Leben. Mich erfüllt Stolz, wenn ich euch sehe. Ich liebe euch drei unendlich!

Ich danke meinen Eltern, meinen Geschwistern und ihren Familien, meinen Schwiegereltern, meinem Schwager Erik und seiner Familie – kurzum, ich danke meiner gesamten Familie dafür, dass es euch in meinem Leben gibt.

Bei der Fehlerbekämpfung haben mich diesmal tatkräftig mein Mann Michael, meine Tochter Cynthia und mein Neffe Marcelino aus der Ferne unterstützt. Ich danke euch für eure Hilfe!

Die Erstauflage dieses Romans hatten Patricia und Nicole lektoriert. Dafür bin ich euch bis heute dankbar, aber nicht nur für eure hervorragende Mitwirkung an meinem Roman, sondern vor allem für eure Freundschaft, und dass ihr stets ein offenes Ohr für mich habt.

Eigentlich sollte diese Neuauflage auch ein neues Cover erhalten, aber das erste war einfach perfekt und bleibt deshalb im Vordergrund bestehen. Dieses hatte mir mein Neffe Neves 2012 gemalt und ich bin noch immer stolz und dankbar dafür! Das "neue" Cover, das auch Neves für mich entworfen hat, ziert nun die Rückseite. Auch dafür danke ich dir sehr!

Ich danke dem Schicksal für ganz wunderbare Freundinnen! Patricia, Olivia, Christa, Daniela, Claudia, Petra, Susi, Iwona und Dèsirèe – jede von euch hat einen ganz besonderen Platz in meinem Herzen.

Nicht vergessen möchte ich meine Freunde aus der Ferne zu erwähnen: Frank W. und seine Familie, Mike, Sascha, Nadin und ihre vier Söhne, Jone, mein Patenkind Sheila und ihre Tochter Zayde.

Das wichtigste für einen Autor sind seine Leser! Ich danke jedem Einzelnen, auch für die tollen Rezensionen!

Zwei Bloggerinnen sind mir besonders ans Herz gewachsen, wegen ihrer fantastischen Unterstützung: Ich danke zum einen *Ines Wiesner* für die Gestaltung meiner Autoren-Facebookseite, die tollen Ideen und Umsetzungen von Gewinnspielen, das Bewerben meiner Bücher und dafür, dass sie mir immer mit Rat und Tat zur Seite steht! Und ich danke zum anderen *Stefanie Brandt* für ihre Freundschaft, Loyalität, Buchbewertungen und -werbung!

***Vielen Dank!***

Petra Fischer bei BoD

# Schatten Leben
Roman

Worin besteht der Sinn des Lebens? Und wie zum Henker soll man es schaffen, sein Leben wieder in geordnete Bahnen zu bekommen, wenn doch so ziemlich alles in Trümmern liegt? Diese Fragen stellt sich der 37jährige Anthony Tag für Tag, denn seit dem Tod seiner geliebten Frau, ist nichts mehr so, wie es einst war. Gerade als er sein Leben wieder einigermaßen in Griff hat, poltert Joan, eine Freundin aus vergangener Zeit, mit ihren zwei Söhnen in sein Leben und stellt alles Kopf.

Begleiten Sie Anthony durch eine Reise der Gefühlswelt, auf der Suche nach der eigenen, inneren Ruhe und das Wiederfinden von Glück und Lebensmut.

ISBN: 978-3743188303

Lesen Sie mehr unter:

www.PetraFischer.jimdo.com

Zu diesem Roman gibt es eine exklusive Internet-Kurzgeschichte!

Petra Fischer bei BoD

# Glück fürs Glücklichsein
### Roman

Ausgerechnet am Tag seiner Hochzeit begegnet Raik seiner Jugendliebe Fabienne wieder. Schnell wird klar, dass sie beide noch immer Gefühle füreinander hegen. Doch was ist es, was die zwei so stark verbindet und warum herrschte fast 20 Jahre Stille zwischen ihnen?

ISBN: 978-3-7386-0516-7

Lesen Sie mehr unter:

www.PetraFischer.jimdo.com

Petra Fischer bei BoD

# ... und dann kommt morgen
Roman

Nach einem schweren Motorradunfall sitzt Leonard im Rollstuhl. Wegen seiner eigenen Missgunst sich selbst gegenüber, flüchtet er immer mehr in die virtuelle Welt. Leider holt ihn auch dort die Realität ein, denn er muss feststellen: Es ist nicht alles Gold, was glänzt.

Ein glücklicher Zufall bzw. ein zufälliges Treffen lässt Leonards Lebensmut neu aufblühen, und was er einst verloren glaubte, findet er schließlich wieder.

ISBN: 978-3-7347-8986-1

Lesen Sie mehr unter:

www.PetraFischer.jimdo.com

Finja Lawall bei bpb

# Das wilde ABC meiner Männer
## Erotischer Roman

Finja ist kein Kind von Traurigkeit und lässt auf der Suche nach Liebe nichts anbrennen. Jeder ihrer Männer beginnt mit einem anderen Buchstaben des Alphabets. So vögelt sich Finja nicht nur durchs ABC, sondern auch durchs Leben. Mit jedem Mann wächst ihre sexuelle Lust und mit jedem Mann erfährt sie mehr über ihre erotischen Vorlieben. Kann Finja die große Liebe finden?

ISBN: 978-3-8627-7672-6

Lesen Sie mehr unter:
www.PetraFischer.jimdo.com

Zu diesem Roman gibt es eine exklusive Internetstory!